「ちょっと！
また体でとか言い出すんじゃ
ないでしょうね！」
王女の魂が宿る？
ハナ
「もちろん礼はする」
女騎士
アドリー
「命ばかりは
お助けを！」
ハーミットマーメイド
ナツミ

「勇者って言われても困るんだけど」
伝説の勇者？
ピート
「へい、らっしゃい！」
鍛冶士
グニラ
「……」
愛玩奴隷
ソーナ
「こいつを渡すくらいなら殺すぞ！」
聖騎士
グラッド

伝説の勇者らしいけど、
記憶がないので
好きに生きることにした！

藤孝剛志

ぶんか社

C O N T E N T S

プロローグ

『勇者よ……勇者ピートよ……目覚めなさい……』

誰かに呼ばれたような気がして、青年は目覚めた。

青年がいるのは狭い部屋の中だ。壁と天井は青灰色《あおはいいろ》で、微《かす》かに光る紋様《もんよう》が一面に描かれている。中央に台座があり、青年はそこに横たわっていた。

「……ここはどこなんだろう？」

周囲の様子にはまるで見覚えがなく、この状況に至る経緯がさっぱりわからない。それどころか自分の名前すら覚えていなかった。

青年はゆっくりと上体を起こし、体を確認した。服は着ていない。細身ではあるが、よく鍛えられた体つきをしていた。

『ピート……目覚めたのですね……』

手足に力を入れる。どれほど寝ていたのかはわからないが、萎《な》えてはいなかった。

「とりあえず動いてみるしかないか」

ここでじっとしていても何もわからない。青年は台座から下りた。

『あの、もしもし？　聞こえてますか？』

「……ん？　もしかして誰か僕に話しかけてる？」

寝ぼけているせいかと思っていたが、意識がはっきりとしてきても声は聞こえていた。

『あなた以外に誰がいるんですか⁉』

「君は誰？」

妙に馴《な》れ馴れしいが、この声にもさっぱり覚えがなかった。

『誰って、私ですよ？』

「そう言われても、何も覚えてないんだよ」

『なんの冗談ですか？』

「冗談だったらよかったんだけどね。正直、途方に暮れているよ」

『そうでした。ピートは冗談を言わない人でしたね。ということは本当に記憶がないのでしょうか……あ、とりあえず拾い上げてもらえないですか？』

「拾う？」

床にはペンダントが落ちていて、声はそこから聞こえていた。青年は、ペンダントを拾い上げた。

涙滴《るいてき》型のペンダントトップに赤い宝石が嵌め込まれている高級そうな代物だ。

『覚えておられないとのことなので、自己紹介から……ってなんで裸なんですか⁉』

やはり喋っていたのはペンダントだった。

「起きたらこうだったんだよ」

『と、とりあえず私を首からかけてもらえませんか！』

青年は、ペンダントを首からかけた。ペンダントには視覚があり、見えるのは前方だけのようだ。

『それでは、気を取り直しまして。私は王女の真心《まごころ》というアイテムです。ケルン王国の第三王女、ハナの魂が複写されているのです』

「王女様なのか。偉いんだね」

『いえ。本人ではありませんので気楽に接していただければと。もっとも、あなたは何度そう言っても堅苦しい態度を崩さず……って、妙に気安げですね!?』

「記憶がないからなぁ」

『記憶がないというのはどの程度なのでしょうか？』

「言葉とか、物の名前とかは覚えてるんだけど、他のことはさっぱりだね」

『頭部の傷が深刻な状態でしたから、その影響でしょうか』

「ハナは僕のことを知ってるんだよね？　それを教えてくれないかな」

『呼び捨て……いえ、別にいいんですが。それはそうと、あなたは伝説の勇者の末裔《まつえい》であり、勇者の中の勇者なのです！』

「そうなんだ」

そう言われても、青年にはなんの実感もなかった。

話を聞けば何か思い出すかと思ったのだが、そんな兆候《ちょうこう》はまるでない。

『あなたは、世界の平和のために大魔王に挑み、大怪我《おおけが》を負いました』

「負けちゃったのか。それでどうなったの？」

『それが……私は気づけばここで床に転がっていたのです。近くにピートがいる気配は感じましたので、ずっと呼びかけていたのですが』

「なるほど。じゃあ、僕がどうなったのか、なぜここにいるのかはハナにもよくわかんないんだね」

『それはともかく！　とどめを刺さなかったのが大魔王の運の尽き！　勇者は何度でも蘇《よみがえ》り、いつかは悪を打倒する！　さあ！　今度こそ大魔王を倒すのです！』

「なんで？」

『あなたは勇者なのですよ！　悪の軍勢を打ち破り、世界に平和を取り戻すのです！』

「嫌だよ」

『え？』

「僕には一切の記憶がないから、ハナの言葉が本当なのかわからない」

『いや、その、勇者が大魔王を倒さないと、魔族が蔓延《はびこ》る暗黒の世界になってしまうのですが？』

「ハナの言うことが本当だったとしても、今の僕が戦う理由にはならないよ」

記憶の連続性を保《たも》っていない以上、青年は以前の自分とは別人といっていいだろう。

他人事《ひとごと》のような使命を引き継ぐ気にはなれなかったのだ。

『そんな！　あんなにも情熱と理想を持って戦われていたではないですか！』

「そう言われても」

大魔王とやらを倒すために情熱を持っていたのだとすれば、そう思うに至る出来事の積み重ねがあったのだろう。それらを一切覚えていない今の彼に、大魔王と戦うべき理由はなかった。

『……わ、わかりました……。病《や》み上がりのあなたに一度に色々と言い過ぎたようです。まずは記憶を取り戻してもらわないとならないようですね』

「そりゃあ、あったほうがいいよね。記憶」

『なんなのでしょう、まったく深刻さを感じないのですが……』

「ところで、さっきから呼んでるけど、僕の名前はピートなの？」

『はい。ピーター・ブレグランド。愛称はピート。勇者の一族、ブレグランド家の後継者であり、ケルン王国の至宝とまで呼ばれた伝説の勇者の再来なのです！』

「そっか。じゃあとりあえずはそれで」

『とりあえずってなんなんですか！　私のことが信じられないとでも⁉』

「そりゃそうだろう。僕は何も覚えてなくて、君の言葉を裏付けるものは何もないんだから」

だが、名前ぐらいはないと不便なので、青年はピートを名乗ることにした。

「ここがどこかとか、ハナは知らないの？」

『はい。目覚めたらここにいました。勇者には秘密のアジトがあると聞いたことがあります。もしかしてここがそうなのでしょうか？』

「勇者の自覚がない僕に聞かれてもね」

ピートはあらためて周囲を見回した。

部屋は三メートル四方ほどの大きさで、出口らしきものはない。一方の壁には少し色合いの違う部分があり、それが扉かもしれないが、取っ手の類《たぐ》いはなかった。

ペンダント以外にも何か落ちていないかと探してみたが、見つかったのは汚らしい布の塊だけだった。

「これは僕の服かな？　大魔王と戦うなら、もっと頑丈《がんじょう》な鎧を着てなかったの？」

『それは勇者の衣《ころも》ですね。鋼の鎧よりもよほど頑強とのことですが……』

服を拾い上げると、それだけでボロボロと崩れていった。

「着るのは無理か」

ピートは服を捨てて、壁の色が違う箇所に近づいた。何かがあるとすればそこぐらいだろう。

近づくと、壁の一部が静かにせり上がり、人が通れるぐらいの四角い穴が出現した。

穴の先には左右に延びる通路があったが、この光景にもまるで見覚えはない。

「とりあえず、出るしかないか」

ピートは、見知らぬ通路へと一歩を踏み出した。

1　勇者と騎士

　ピートが部屋を出た途端に、前方にある壁が迫ってきた。

「え？」

　ピートは壁に激突した。それは、まるで壁に向かって落下したかのようだった。

『え？　これは何がどうなって？』

「穴を出たところで、地面のある向きが変わった……のかな？」

　ピートが仰向けになると、天井に穴が空いているのが見えた。つまり、先ほど壁だと思っていたのは、地面だったのだ。ぼんやりと見上げていると、開口部は静かに閉じていった。

「戻れなくなったのかな。戻る必要はなさそうだけど」

　ピートは立ち上がり、辺りを見回した。

　先ほどまでいた部屋とは様子が異なっていた。ここも人工的な空間ではあるが、均一な石材を組み合わせて造られている。

　おそらくは通路の途中だろう。高さ、幅は共に五メートルほどだ。天井の所々《ところどころ》が輝いているがそれほど明るくはないので、見通せるのは十メートルほどだった。何もなく寒々しい雰囲気の場所ではあるが、裸でも心地《ここち》よい程度の気温だ。服がなくともしばらくは大丈夫だろう。

『怪我はないですか!?　顔からぶつかったようですけど』

「うん。全然平気みたいだ。ハナは大丈夫？」

無防備に五メートルの高さを落下したことになるが、ピートは軽い痛みを感じた程度だった。

『はい。私は、痛みを感じるようにはできていませんし』

「そっか。じゃあいざという時に投げても大丈夫だね」

『なぜ投げるんですか⁉』

「だって、武器として使えそうなものはハナぐらいしかないじゃないか」

ピートは裸で、周りには石ころ一つ落ちていない。こんな状況でなら、ペンダント程度の物でも何かの役に立つかもしれなかった。

『私をなんだと思ってるんですか⁉』

「そういえば、ハナってなんなの？　存在意義がいまいちわからないんだけど」

ただ喋るだけのペンダントがなんの役に立つのかピートにはよくわからなかった。

『そこからですか？　勇者と王女には密接な関係がありまして。王女の応援や、王女の危機で勇者の力は増大するのです。そこで王女の魂を複写したアイテムを勇者が身につけるという伝統があるのですよ』

「本物の王女様じゃなくていいんだ。なんだかずるい話だね」

『現在位置を調べたり、勇者の強さを調べたりもできますよ！』

「へぇ。じゃあここがどこかわかるんじゃないの？」

『えーと……ここはケルン王国のお城から南に143キロ、西に34キロの位置です』

「なるほど。で、それはどこなの？」

『それは……わからないですが』

「王族なら自国周辺の地理も勉強してたりしないの？」

『た、多分、本体は勉強してると思います！　私は記憶を一部しか受け継いでいませんので！』

「勇者の強さってのは？」

『はい！　私は勇者のグレードを色として見ることができるんです。一度ペンダントを外して私を見つめていただけませんか？』

「それはまた後にしよう」

『どうしてです？』

「何かやってきたみたいだ」

ピートは前方の暗がりを見た。そちらから足音らしきものが聞こえてきたのだ。

『こんな怪しい所をうろうろしてる何かなんて、嫌な予感しかしませんが……』

「とりあえず何が来るのか見てみようか」

ピートは逃げようとは思わなかった。警戒心よりも、好奇心が勝ったのだ。

それはゆっくりと近づいてきて、十メートルほどの距離までやってきたところで姿を確認することができた。闇の中から現れたのは、ぶよぶよと肥え太った半裸の男だった。

大柄な体躯をしており、腰には布を巻いていて、手には剣と盾を持っている。首からは人の頭蓋《ずがい》骨《こつ》を連《つら》ねた首飾りをかけていた。

それだけならばただの野蛮な人間なのだが、人間と大きく異なる特徴が一点ある。

頭部が、豚にしか見えなかったのだ。

「こんにちは」

友好的な可能性に賭けて挨拶《あいさつ》をしてみたが、返ってきたのは威嚇《いかく》するような呼気《こき》だった。

『何言ってるんですか！　モンスターですよ！』

「なるほど。これがモンスターか」

様々なことを忘れているピートだが、人間に敵対的な種族がいることは覚えていた。

「武装してて、獲物をコレクション感覚で身につけてるとなると、好戦的なのかな」

『あれはオークです！　まったくもって友好的な種族ではありませんが、少し安心しました。ピートならあの程度の相手は楽勝ですよね？』

「そう言われてもなぁ。僕は記憶がないんだから、戦い方も分からないんだけど」

『そんな！　じゃあどうするんですか！』

「どうしよう？」

相手は武装したバケモノで、ピートは服すら着ていない。明らかにピートが不利な状況だが、オークは立ち止まり睨み付けてくるだけだった。

オークから見てもピートは怪しいのか、警戒しているのかもしれない。

「うーん。戦ったほうがまだましかな？」

オークは鈍重《どんじゅう》そうに見えるが、背を向けて逃げ出せば何かを投げつけられる可能性もある。それに、逃げる先は行き止まりになっているかもしれない。

正面から戦うほうがまだ生き残れる可能性があるとピートは判断した。

『戦い方を忘れたとか言ってませんでした!?　しかも武器もなしですよ！』

「武器はあるじゃないか」

　ピートは、オークを力任せに剣を振るだけの人間に類するものだと決めつけた。

　この状況で相手を達人だと想定してしまえば、太刀打《たちう》ちできる可能性がなくなってしまう。達人が相手なら何をしたところで殺されるし、オーク特有の性質があるとしても対策できないからだ。

　それならば、大したことがない人間もどきである可能性に賭けて、思い切って動いたほうが活路を見いだせるかもしれない。

『え？　これってまさかさっき言ってた――』

　ピートは、ペンダントをオークの顔めがけて投げつけた。狙いは目だ。当たらなくともいい。人間と同じなら目への攻撃には反射的に防御行動を取るはずだ。

　オークは盾を上げて、ペンダントを弾《はじ》いた。

　オークの視界が盾で塞がる。その瞬間、ピートは床を蹴って距離を詰めた。

　――殴っても意味なさそうだな……。

　オークは腹が丸出しだが、分厚《ぶあつ》い肉と脂肪に包まれている。力いっぱい殴りつけても効果があるようには思えない。そこでピートは、オークの股間を蹴り上げた。

「ぐぉおおおおおおお！」

　オークにとっても股間は急所のようだ。

　苦痛で混乱している隙に、ピートはオークの肘を掴んだ。オークの力が緩み、手から剣がこぼれ落ちる。ピートは剣を掴み、オークの腹を三回刺してから離れた。

「体が覚えてるってやつかな。これなら勝てそうだ……うん？」

　オークが前のめりに倒れた。

剣を手に入れた流れでついでとばかりに腹を刺しただけなのだが、うまく急所を貫《つらぬ》いたらしい。

『本当に記憶がないんですか⁉　すごく強いじゃないですか！』

床に転がっているハナが感嘆の声を上げた。

「剣術とかはさっぱりだけどね」

今の攻撃も手当たり次第に刺してみただけのことだった。

「そういえば、僕はどんな風に強かったの？」

ピートはハナを拾い上げ、再び首にかけた。

『勇者の一族に伝わる戦闘術の使い手でそれはもう強かったのですよ！　まぁ、私は武術とかには詳しくはないので具体的にどうというのはわかりませんけども』

「これで食料の心配はなくなったかな」

『食べるつもりですか⁉　これを⁉』

「他になければ仕方ない……ん？」

突然、オークの死体がボロボロと崩れはじめたのだ。

オークが持っていた盾、身につけていた腰巻きなども一緒に崩れていき、砂のようになっていく。

あっという間に、オークは砂の山に変わってしまった。

それだけではなく、ピートがオークから奪った剣も砂になり、手からこぼれ落ちたのだ。

「困ったな。食料がなくなった」

『気にするのそれですか⁉』

「そりゃ気にするよ」

　このオークだけならいいが、全ての死体が消えてなくなるなら食料を得る手段がかなり限定される。それは憂慮《ゆうりょ》すべきことだろう。

「僕が忘れてるだけで、死んだモンスターってこんなことになるのかな？」

『私の常識では死んだモンスターが砂になったりはしません』

　ピートが砂の山を見つめていると、どこからともなく吹いた風が砂を散らしていく。見る間に砂の山は量を減らしていき、中から抜き身の短剣が現れた。

「どういうことなんだろう？」

『訳がわかりません……』

　ピートは短剣を拾い上げた。刃渡りは30センチほどで、オークの剣の半分ほどの長さだ。短剣の側面を軽く叩いてみると確かな手応《てごた》えがあった。簡単に折れてしまうことはなさそうだ。

「こんな物でもあるだけましかな」

『私を投げなくても済みますしね』

「うん？」

オーク英雄の短剣 +2
効果《しんぎ》：力＋1
真技：星光撃《せいこうげき》（未解放）

　ピートがしげしげと短剣を見ていると、短剣に重なるようにして文字が浮かび上がってきた。

「短剣の上に文字が表示されるんだけど、僕が忘れてるだけでこういうものなのかな？」

『そんな話聞いたことないですけど⁉』

「じゃあ勇者の能力ってわけでもないのか」

『能力だとしても、地味ですね……』

「武器だけじゃないのかもね。ハナも何か見えるかな？」

ピートは、ペンダントを手にしてしばらく見つめてみた。

王女の真心
効果：幸運＋1　魔法抵抗＋1
真技：真実の愛を求めて（未解放）

ピートは、浮かび上がった文字の内容をハナに説明した。

『確かに私の入っている器は王女の真心ですが、後の文字はなんでしょうね』

「身につけてたら運がよくなるのかな？」

『そんな力が私にあるとは思えないんですが……』

「そういえば、ハナは僕を見ると色で何かわかるって言ってなかった？」

『あ、ちょうどいいですね』

ピートはそのままペンダントを見つめ続けた。

『え？』

「何か見えた？」

『その……見えたのは見えたのですが……思っていたものとはかなり異なっていまして……』

ハナに見えたのは次のようなものだったらしい。

ピート
レベル：1　ジョブ：なし
スキル
アクティブ
・真技解放【劣】

「ジョブがなしということは、僕は無職なのか」

裸で記憶喪失でこんな所にいるぐらいなので、無職でもおかしくはなかった。

『そういう問題ではなくて！　勇者の力がわかるといっても、こんな具体的な文字が見えるとかではなかったのですが！』

以前のハナに見えたのは勇者の体を照らす後光のようなものだったらしい。

光はブロンズ、シルバー、ゴールドの三段階があり、ピートは最上級であるゴールドクラスとのことだった。

「レベル、ジョブ、スキルか。意味はなんとなくわかるけど、こういった項目で戦力を評価するのが当たり前なのかな？」

『いえ……聞いたことがないですが……あ。文章に変化がありました』

真技解放【劣】
アイテムに秘められた真の力を解放する。
発動条件
1：接触――接触したアイテムの名称、真技名を知ることができる。
2：詠唱《えいしょう》――対象のアイテムに接触し「真技解放」に続けて真技名を詠唱することで真の力を解放する。
特記事項
劣等スキルによる制限：解放から五秒後にアイテムは壊れる。

文字を見つめているとこうなったらしい。どうやらスキルの説明のようだ。

「なるほど。武器の上に文字が表示されたのは、このスキルの影響なのか」

『さらっと受け入れてますけど、文字が浮かび上がるって普通のことじゃないですよ？　私は混乱しきりですけど』

「記憶がないからね」

『それで済むってすごいですね……』

「真技がどういうものかわからないけど、星光撃って名前からすると、魔法みたいな感じなのかな。敵に向けて放つような」

『あ、魔法とかはわかるんですね』

ピートは短剣を壁に向けた。

「真技解放、星光撃」

途端に短剣が目も眩《くら》むような輝きを放ち、予期しない反動にピートは後ずさった。

目の前が真っ白になったので視認することはできなかったが、結果は壁に空いた巨大な穴が物語っている。短剣の切っ先から、壁を消失させるほどのエネルギーが真《ま》っ直《す》ぐに放出されたのだ。

『えぇぇえぇえぇ!?』

「すごいね。あ。そーいや壊れるんだっけ？」

嫌な予感がしたピートは、短剣を投げ捨てた。直後、派手な音と共に、短剣が爆裂した。

短剣は粉々になり、床と壁が大きく抉《えぐ》れている。かなりの威力であり、手に持ったままでは致命傷を受けていただろう。

『何やってるんですか！　不用意に試さないでくださいよ！』

「いやぁ。どういうことなのかと思ってさ」

『せっかく手に入れた武器なのに壊れてしまいましたよ！』

「でも使って試しておかないと」

いきなり実戦で使おうとして想定外のことが起こっても困る、とピートは考えていた。

「王女の真心にも真技があるから、ハナを爆発物として使えることはわかったかな」

『本気じゃないですよね？』

「うーん、でも僕が死にそうな時に、勇者の補助アイテムである君が自分の命を優先するの？」

『うぅ……そう言われると……王女本人ではないわけですので……』

「そんなにへこまないでよ。僕もこうやって喋ってる相手を捨て駒にするほど非情じゃないから」

非常事態であればやむを得ないこともあるだろうが、ピートもそんなことをわざわざ口に出したりはしなかった。

「まあ、ここでぼんやりとしていても何も進展しないし、そろそろ移動しようか」

『こんな訳のわからない状況なのにこの落ち着きぶりは、さすが勇者と言えるのかもしれませんね……』

最初にいた部屋から落下してきて、ほとんどその場から動いていない。ここでじっとしていても意味はないだろうし、とにかく別の場所の様子を探る必要があった。

ここは通路の途中らしい。前方も後方も十メートルから先は暗く、何があるのかはよく見えない。

ピートは前方に歩き出した。どちらの様子もわからないので、あえて後ろに行く理由もない。進んで行っても、相変わらず見える範囲は前方十メートルほどだけだった。

『モンスターが出るということは、ここは迷宮型ダンジョンの中なのではないでしょうか？』

「それって、宝が隠されてたりするやつ？」

自分に関しての記憶はないが、そのような知識はあった。

『はい。ピートも何度か挑んだことがありますね。ここではないようですが』

それが本当のことなのか、ピートにはわからない。

だが、ハナの言うことを全て疑っていてはきりがない。鵜呑《うの》みにはしないが明らかな矛盾でもない限りは事実だと仮定することにした。

『その、こんな気楽に歩いていていいのでしょうか……』

「さっきのオークと出会う前に足音が聞こえていたから、注意してれば気配を察知できると思うよ」

『それ、条件はこちらも同じなのでは……あれ？　ピートは足音しませんね？』

「これも体が覚えてるのかな。まあ裸足《はだし》だからってのもあるけど」

特に意識はしていなかったが、ピートは自然と音を立てないように歩いていた。静かになめらかに動くのが当たり前になっているようだ。

「それにさっきのオークぐらいなら勝てると思うよ」

ピートは自分がどれぐらい動けるかを先ほどの戦闘でおおよそ把握した。あのオーク程度なら完勝できるだろうと思っている。

もちろん、どんなモンスターが現れるのかわからないので油断はできないが。

「あ、道が分かれてるね」

先は丁字路《ていじろ》になっていた。分岐まで行き左右を確認したが、やはり十メートルから先は闇の中だ。

「どうやら五メートル単位ぐらいが基準になってるみたいだ」

ピートはここまでの道中で辺りの様子を確認していた。壁や床をよく見てみれば、一定の間隔で溝《みぞ》があるのだ。その間隔が五メートルであるため、ここは縦横高さが五メートルの立方体のブロックで構成されていると予想した。その単位で考えれば脳内に地図を描きやすいだろう。

『これ……出口とかあるんでしょうか』

「どうだろうね。ここに来た時のことを覚えてないし」

だがピートは楽観的だった。ここは人工的な建造物の中のようだし、出入り口ぐらいはあるだろうと考えていたのだ。

「とりあえずは適当に歩いてみるしかないね」

ピートは、丁字路を左へ歩き出した。

数ブロックほど行くと、突き当たりに扉があった。木製で取っ手のある片開きの扉だ。

ピートは、躊躇《ためら》うことなく扉へと近づいた。

『入るんですか？』

「何かあるかもしれないし」

石造りの通路に初めて表れた変化だ。無視する手はないだろう。

ピートは扉の取っ手を引いた。鍵はかかっておらず、あっさりと開いた。

扉を開けると、獣臭があふれ出した。

中には武装したオークが二体。床に座り込んでいて、ピートに気づいて立ち上がろうとしている。

ピートは駆けた。一体の手首を蹴り上げ、宙に浮いた剣を掴む。

掴んだ剣で首筋を切り裂きながら、立ち上がりかけているもう一体を蹴りつけた。

よろめいたところに肉薄し、足をかけて倒してから胸に剣を突き刺す。

二体のオークは砂と化し、消えた。

『戦い方忘れてるって本当ですか？』

「うん。今のも適当に突っ込んだだけで、術理って言えるものはないよ」

今のところ、オークとピートでは俊敏《しゅんびん》さに相当な差があるようだ。会敵《かいてき》と同時に突っ込んでいけば、相手が態勢を整える前に勝負を決めることができる。

「今回は何も出てこないね」

砂と化したオークはどこからともなく吹いた風によって散っていく。後には何も残っていなかった。奪った剣もやはり砂になったので、持ち主が死ねば同じ運命を辿るらしい。

「何か食べるものでも出てくるんじゃないかと期待してたんだけどね」

『しかし、モンスターたちは何を食べてるんでしょう？』

「そもそもこんな何もない部屋でこいつらは何してるんだろう？　のんびり座ってたようだけど」

『ですよね。武器を扱うような、それなりに知能がありそうなモンスターが、何をするわけでもなくぼーっと待っているというのは意味がよくわかりません』

この部屋は、五メートル四方、一ブロックの大きさだ。ある程度知能がある生物にとっては退屈でしかない場所だろう。

「そういえばさ。ハナはオークを見て何かわからなかった？　僕を見た時は文字が出たんでしょ？」

『特に何もなかったですが、しばらく見つめる必要があるのかもしれません』

「じゃあ、次に敵に出会った時は意識してみてよ」

『そうですね。情報が得られれば何かの役に立つかもしれませんし』

ピートは部屋を出て、来た道を引き返した。とりあえずは適当に歩いて周辺を探っていくしかないだろう。

先ほどの分岐まで戻ってくると、唐突にけたたましい音が鳴り響いた。反響してわかりにくいが、音は行っていないほうの道から聞こえているようだ。

「なんだろう？」

ピートは音の方へと向かい始めた。

『こんなあからさまに怪しい音に向かって大丈夫なんですか⁉』

「大丈夫じゃないかもしれないけど、何かありそうなところに行くしかないだろ」

逃げたところで行くあてもない。ピートは、断続的で機械的な音の元へ近づいていった。

まっすぐに進んでいくと、丁字路の突き当たりに扉が見えてきた。そこが音の発生源らしい。

「あ、オークだ！」

『ちょっと！　見つかりますよ！』

丁字路の左右から一体ずつオークが現れた。

ピートに気づいているようだが無視して扉の中に入っていく。

ピートが扉に近づいていく間にも、何体ものオークがやってきて部屋に入っていった。

「呼び出し音ってことかな？」

『確かに呼ばれてオークたちがやってきているようですね』

ピートは扉へ向かって歩いていった。

『え？　何するつもりなんですか？』

「中に何があるのかなぁと」

『いやいやいや！　今見ただけでも五体ぐらいはオークがいますよ⁉　なに考えてるんですか！』

「危なければ逃げたらいいんだから」

　積み重ねた人生の記憶がないピートは、どこか生への執着心が薄い。危機感よりも、好奇心が勝っていたのだ。

　ピートは扉を開け、中に入った。

　部屋の中には予想通りオークが集まっていて、十体ほどが何者かと戦っていた。

　オークの群れの隙間から見えたのは、見目麗しい女性だった。軽装の鎧を着込み、巨大な両手剣を振り回してオークたちと戦いを繰り広げているのだ。

「ぐぉぉぉぉぉぉ！」

　一体のオークが悲鳴を上げて倒れ、残りは九体になった。女戦士の一撃には、オークを容易《たやす》く葬り去る威力があるようだ。

　彼女は強い。だが、満身創痍《まんしんそうい》かつ疲労困憊《ひろうこんぱい》という様子で、明らかに劣勢だった。この戦いはかなりの時間行われてきたのだろう。

「くっ！」

　やがて女戦士は部屋の隅に追い詰められ、九体のオークに取り囲まれた。こうなっては勝敗は決したも同然だろう。

　犠牲を顧《かえり》みずに特攻を繰り返していたオークたちも、無理はしなくなっていた。後は休ませず、少しずつ体力を削っていけばいいと判断したのだろう。

『逃げましょう！』

「あれ？　勇者なら困ってる女の子は助けろとか言うのかと思ったよ」

『いくら勇者でも素手であの数のオークには勝てませんよ！　あの方は可哀想ですが、勇者がこんな所で死んでしまうわけにはいかないでしょう！』

「でも無理っぽいよ？」

扉はいつの間にか閉まっていて、押しても引いてもびくともしなくなっていた。

『なんで⁉』

「罠だから、じゃないかなぁ」

「お前！　一人なのか⁉」

扉を確認していると、女がピートに気づき声を上げた。

「そうだけど」

「馬鹿か！　アラーム発動中は脱出できないんだ！　しかも裸だと⁉」

「音がしてたからつい」

オークたちもピートを見たが、襲いかかってはこなかった。武装した女戦士と、裸の男では優先順位が異なるのは当然だろう。

「なんでもいい！　とにかくこいつらの気を引いてくれ！」

「出られないんだから仕方ないよね」

彼女がやられれば、次はピートの番だろう。ならば、彼女の協力を得られる間に対策を考えたほうがよさそうだった。

「うーん。さすがに素手だからなぁ」

ピートは部屋の中を見回した。

武器らしきものが女戦士の周りに落ちているが、オークを回避して取りに行くのは難しい。

他に何かないかと探すと、女戦士がいるのとは反対側の隅に宝箱があるのを見つけた。入口にいるピートから見れば右のほうだ。

大音量のアラーム音はそこからしているので、まずはこれを止めるべきだろうと判断した。これ以上オークがやってくれば事態がより困難になるからだ。

ピートは宝箱に近づいた。オークたちはピートを制止しようとはしなかった。仲間はもう十分ということかもしれないし、止められはしないと侮っているのかもしれない。

ピートはしゃがみこんで宝箱の蓋に手をかけた。

「開かないなぁ。鍵がかかってるのか」

宝箱＋7
効果：トラップ（アラーム）＋5
真技：アビスゲート（未解放）

触れることで情報が表示された。宝箱もアイテム扱いのようで、真技もあるようだ。

とりあえずこれを利用してみるかと、ピートは宝箱を持ち上げた。

「真技開放」

詠唱の一部を唱えながら宝箱をオークへと投げつける。

アビスゲートが何かはわからないが、爆裂するだけでも威力はあるだろう。

オークの一体が宝箱の直撃を盾で防いだ。さすがにピートを完全に無視してはいなかったようだ。

弾かれた宝箱は、部屋の中央に落ちた。

「アビスゲート」

手元でおかしなことが起こっても困るので、詠唱を分割してみた。

真技解放の発動条件はアイテムに接触しての詠唱だ。つまり、詠唱の開始時点で触れていればよく、アイテムを手放していても詠唱を終えた時点で真技解放が行われるのではないか。

そう考えてのことだが、思惑《おもわく》通りにいかなかったとしても別の手を考えるだけのことだ。

宝箱からガチャリと鍵が外れるような音がして、ひとりでに蓋が開いた。

途端に部屋の気温が下がり、宝箱から闇があふれ出る。

そして、オークの体が一斉にずれた。

腰のあたりで両断されたオークの体が、ばたばたと床に転がり落ちたのだ。

それを為したのは、宝箱の中から伸びている腕のようだった。

丸太のように太く、黒い獣毛に包まれた腕だ。指は五本。それぞれの指先には鋭利な爪が備わっている。女戦士とピートは部屋の隅にいたため被害を免れたのだろう。その腕がピートたちだけを除いて攻撃しているとはとても思えなかった。

「ゲートってぐらいだから、何かの出入り口を作る技なのかな？」

どうなるのかと見ていると、もう一本の腕が出現した。

両腕が何かを探るように動き、爪を石床に食い込ませ、巨大な腕がさらに膨れあがる。

どうやら体を引っ張り出すつもりのようだが、その目論見《もくろみ》が成功することはなかった。

発動から五秒が経過し、宝箱が爆裂したのだ。

すぐさま部屋の気温は元に戻り、あふれ出していた黒い瘴気《しょうき》も霧散していった。とてつもなく邪悪な何かが出てこようとしたが、出口が壊れて失敗したようだ。

「うん、どうにかなったみたいだ。アラームも止まったよ」

女戦士は、ぽかんと口を開けて固まっていた。

ピートは何か起こるのだろうと身構えていても驚いた。何も知らない彼女が戸惑うのも無理はないだろう。

ピートが扉を確認すると、開くようになっていた。アラームを止めたか、敵を全滅させたからだろう。

「なんなんだ……お前は……」

気を取り直した女戦士が、ようやく口を開いた。

「僕はピート。君は?」

「あ、ああ。私はアドリーと言う」

「そっか。よろしくね。あれ?」

アドリーのもとに行こうとしたピートは、部屋の中央に落ちているものに目を留《と》めた。

そこには、黒い獣のような腕が落ちていたのだ。

オークたちは砂になって散っていったのに、宝箱から出てきた腕は残っている。モンスターが死ねば全て砂になるとピートは思っていたが、そうとも限らないようだ。

左右二本の腕は、肘から先のみの状態だった。黒い獣毛に覆われているが、人のような五本の指を備えているので猿の類いかもしれない。

ピートはそれらを拾い上げた。

ザガンの右腕
効果：カースエッジ＋1
真技：支配のコイン（未解放）

ザガンの左腕
効果：エナジースティール＋1
真技：生け贄の祭壇（未解放）

これらはモンスターの腕が千切れたのではなく、モンスターが死んだことによりアイテムとして出現したのかもしれなかった。

「人の格好にとやかく言うべきではないと思ってはいるのだが……もしかして裸のほうが強くなるという特性でも持っているのだろうか？　そのようなジョブがあると聞いたことはあるのだが」

今さらピートの格好が気になるのか、視線を外しながらアドリーが聞いた。

「起きたらここにいて裸だったんだ。記憶も服もなくて困ってるんだよ」

そうは言うが、ピートはたいして困っていなかった。記憶も服も、ないならないで仕方ないぐらいにしか思っていないのだ。

『今さらですけど女性の前で裸だなんて失礼ですよ！　どうにかしてください！』

「そう言われても、服がないんだからどうしようもないよ」

「それは、なんだ？」

喋るペンダントが不思議なのか、アドリーが聞いた。

「起きたらそばに落ちてたんだ。ハナっていうんだよ」

「そ、そうか……その、大変だな……いや、助かった、ありがとう。何か礼ができればいいのだが」

「ああ！　だったらエッチなことしてもいいかな？」

『『は？』』

アドリーとハナの声が重なった。

『な、何を唐突に最低なこと言ってるんですか⁉　信じられません！』

「なんで？　女の子とエッチなことがしたいって、それの何がおかしいの？」

『ピートはそんなこと言わない！　勇者がそんなふしだらなことをするわけがないでしょう！』

「その言い分はおかしい。勇者でも誰でもエッチなことはするよ。生き物はみんなそうだ。それを否定するのはおかしいよ」

「いや。その……ちょっと待ってくれ。どうしても、それじゃないと駄目か？」

アドリーはハナのように嫌悪感を丸出しにしてはいなかった。ただ戸惑っているという様子だ。

「お礼をしてくれるって言うからとりあえず希望を言ってみただけだよ」

「いや……絶体絶命の危機を救ってもらったんだ……少し考えさせてくれ……」

『考えなくてもいいです！』

「とにかくだ。まずは安全な所まで行きたいのだがいいだろうか？」

「そうだね。ここだとまた外から敵が来るかもしれないし」

「いや。アラームが止まったのでモンスターの心配はしなくていい」

「そういうものなの？」

「モンスターには通路を徘徊するワンダリング型と、部屋を守るガーディアン型がいる。ワンダリング型は部屋に入ってこないし、ガーディアン型は部屋から出ることはないんだ」

基本的なことのようだがアドリーは説明してくれた。

アラームトラップはこのルールの例外で、アラームが鳴っている間は外からモンスターを呼び寄せるとのことだった。

「なので問題は、モンスターのようには行動を読めない他の修練者《しゅうれんしゃ》……なのだが、修練者が何かもわからないのだな」

「うん。何もわからないね」

「文字通り、修練場に挑み、修練する者が修練者だ。ま、ここにいる人間は全て修練者と思えばいい。なので私もピートも修練者だ」

「このダンジョンは修練場っていうのか。で、他の修練者は危険なの？」

「私は危険だと判断している。壊滅パーティの生き残りなど、格好の獲物だからな」

「だったら僕は危険だと思わないの？」

「思わないさ。ピートは命の恩人だ」

アドリーは自信満々で言い切った。

『裸で破廉恥《はれんち》なことを言うおかしな人には、もうちょっと危機感を持ったほうがいいのでは……』

「さて。ここであまり悠長《ゆうちょう》にしてはいられない。ドロップアイテムは一旦私が回収するがいいか？」

「いいよ」

モンスターから出てきたアイテムは、倒した者に所有権があるようだ。ピートが倒したことになるのかは少し怪しいが、アドリーはそう認識しているのだろう。裸であるピートは大量の荷物を運べないので、アイテムはアドリーに任せることにした。

アドリーは床に散らばっているアイテムを拾い、ウエストバッグに入れはじめた。

瓶、巻物、短剣、杖、小さな金属片などが次々に入っていくが、ピートは疑問を覚えた。

どう考えても、ウエストバッグに入る量ではないのだ。杖のような長いアイテムはバッグからはみ出るはずなのに、中に収まってしまっている。

「そのバッグ、中はどうなってるの？」

「ん？　ああ、記憶がないんだったな。修練者が用《もち》いる鞄は見た目以上に物が入るんだよ。鞄の口に入れられる物なら中に収めることができるんだ」

「それは便利だね。じゃあ、これも入れといてくれる？」

ピートはザガンの左腕をアドリーに預けて、ザガンの右腕は手で持っていくことにした。どれほどの威力があるかはわからないが、振り回せば武器になるだろうと思ってのことだ。

「では行こう。とにかく修練場を出れば安全なのだが……問題は出口がどこにあるのかだ」

『もしかして知らないんですか!?』

知っているとばかり思っていたのか、ハナが驚きの声を上げた。

「アドリーは外から入ってきたんだよね？」

「そうなんだが、地図は仲間が持っていたんだ」

その仲間は先ほどの戦闘で死に、持っていた地図も砂になって消えてしまったらしい。

砂化はモンスターだけではなく、誰にでも起こるようだった。

「覚えてないだけで、死んだら砂になるのが普通なのかな？」

「いや。ここでのみ発生する現象だ。死ねばわずかなアイテムをドロップして消え去ることになる。十分に気をつけてくれ」

そう警告してから、アドリーは部屋を出た。ピートもアドリーに続いた。通路に敵の気配はない。

どこへ行けばいいのかさっぱりわからないピートは、念のためアドリーに聞いてみた。

「道は覚えてないの？」

「マッピングは主に盗賊《シーフ》がやることになっていてな。騎士《ナイト》の私は不得手《ふえて》なのだ」

「盗賊《シーフ》って泥棒のことだよね。犯罪者と一緒だったの？」

「いや。あくまでジョブの名前であって、犯罪者というわけではない。ややこしいんだが、そのあたりは落ち着いたら説明しよう。今はとにかく階段を目指したいんだが、先ほども言ったように他の修練者が問題だ。出くわすことなく階段まで向かう必要がある」

「ここは修練場で、修練してるってことだけど、修練者同士も戦うの？」

「普通は戦わないんだが、ここは少しばかり特殊な場所でな。どうにでも狩れるとなれば襲ってくると考えて行動したほうがいい」

「何か対策は？」

「ない！　出会わないことを祈るしかないな！」

『……この人……何も考えてない……!?　本当に一緒に行ってもいいんですか!?』

「いいんじゃないかな。一人でここをうろうろするよりは面白そうだし」

わざわざここで別行動をする理由も特にはないし、修練場とやらにも詳しそうなので色々と教えてもらえることだろう。今後どうするにせよ、情報は必要だった。

「で、まずはどっちに行けば？」

「左だな。さすがにこの部屋に入る直前のことぐらいは覚えている」

「入口からここまでにかかった時間は？」

「二時間程度だったか。三つの部屋で三度の戦闘を行った。ここは四つ目の部屋のはずだ」

アドリーが迷いなく左に歩きはじめたので、ピートは隣に並んだ。

「じゃあそんなに遠くはないのかな？」

戦闘と後処理にそれなりの時間がかかると考えれば、それほどの距離は移動していないはずだ。

簡単に出られるだろうとピートは考えていたのだが、しばらくして雲行きが怪しくなってきた。

「こっち……のはずだ」

何度目かの分岐で、アドリーは自信なげに答えた。

『頼りないですね』

「すまない。仲間まかせではよくないと痛感しているところだ」

アドリーたちは六人パーティだったらしい。

部屋の中にいたガーディアンモンスターは難なく倒したが、その後宝箱の罠解除に失敗。

アラームトラップが発動し、対処しきれないほどのモンスターがやってきた。

そこからは血で血を洗うような混戦となり、仲間が一人倒れ、二人倒れ、必死に戦っているうちにアドリーは一人になっていた。

そして、もうどうしようもないと諦めそうになった時に、ピートがやってきたのだ。

「パーティが壊滅すれば終わりだと考えていたが……こうやって助かることもある。一人で帰れるだけの準備は必要だな」

アドリーのおぼろげな記憶を頼りに進んで行く。ピートは周囲の気配を探りながら歩いていたが、何かが聞こえた気がして立ち止まった。

「どうした？」

アドリーも立ち止まる。

ピートは耳を澄ませた。微かなものだが、金属がこすれるような音が聞こえた。

それがモンスターか修練者かはわからないが、ピートたち以外の何者かがそう遠くない場所にいるのは間違いないようだった。

「やっぱり何か聞こえるね。より慎重に行くか、急ぐかどっちにする？」

「急ぐべきだ。音が聞こえる距離なら、索敵系のスキルでこちらの状況がばれている可能性が高い」

アドリーが駆け出し、ピートも追随《ついずい》した。

先ほどまでは自信なげだったが、今のアドリーは迷いなく分岐を選んでいく。いざという時に覚悟を決めて突き進めるのはアドリーの長所なのだろう。

「なんとなく！　こちらで合っている気がする！　ドアの配置に見覚えがある！　この先に階段が

――」

だが、角を曲がった先には三人の男が待ち構えていた。

立ち止まり振り返る。背後からは三人の男たちがやってきていた。

『挟まれましたよ！　慎重に行ったほうがよかったんじゃ!?』

「向こうが先に僕たちに気づいてたみたいだし、どっちにしろこうなったんじゃないかな」

壊滅パーティの生き残りが慌てて出口を目指している。

そうと知ったなら、挟み撃ちにするのはそれほど難しくはなかっただろう。

武装した男たちの装備はまちまちだった。前方には短剣とローブ、弓と革鎧、剣と盾を持ち全身を金属鎧で固めた男が。後方には槍と革鎧、杖とローブ、大剣と革鎧の男がいる。

「おぉ、上玉《じょうだま》じゃねーか――」

全身鎧の戦士がアドリーを見て喜びの声を上げ、そして隣のピートを見て固まった。

やはり修練場を裸でうろつく男は珍しいのか、戸惑っていることがピートにもよく伝わってきた。

「おい……あれどう思う?」

「なんで裸なんだ……」

「……なんだったか……装備を身につけると特性がなくなるジョブがあるとか……」

「なんで猿の腕なんて持ってるんだよ……意味わかんねぇ……」

男たちはひそひそと話し始めた。彼らの様子からすると、アドリーとピートのことを具体的に知って追ってきたわけではないようだ。

「そんなことはどうでもいいから、まず相手を見極めようぜ」

短剣とローブの男が前に出てきて言うと、男たちは我に返った。

ローブの男は、かけている丸縁《まるぶち》眼鏡を押し上げる。

「女はレベル49。ジョブは騎士《ナイト》。男はレベル1、ジョブなしだ。騎士《ナイト》は大剣の威力補正が高いから要注意だが、それでもレベル49だ。平均レベル100の俺らの敵じゃねーよ」

どうやら彼の眼鏡には相手の情報を見る力があるらしい。レベルが何を表すのかはわからないが、彼らはその値を根拠にして自信を持っているようだ。

「つーわけで残念だったな。交渉には応じられねぇ。これからすんのは一方的な要求ってわけだ」

「交渉って？」

ピートはアドリーに聞いた。

「ここで修練者同士が殺し合ってもそれほどメリットがない。なので、戦いになりそうな場合は交渉で片をつけることが多いと聞いていたんだが……奴らは手慣れた様子だな。こんなことばかりやっているのかもしれん」

「殺しちゃうと砂になってアイテムも消えちゃうからか」

修練者がドロップするアイテムは、所持品の一部でしかない。

つまり、相手が貴重なアイテムを持っていても、殺してそれを奪えるかはわからないのだ。そんな博打《ばくち》をするよりは、交渉で金品を巻き上げるほうがいいのだろう。

「女は全てのアイテムを差し出して、俺ら全員の相手をしてもらおうか。それで解放してやるよ。男のほうはどうでもいいな。逃げたきゃ好きにしな」

「そうそう。雑魚《ざこ》を殺すのにも武器は消耗するしな！」

男たちは高笑いを上げていた。戦いにすらならないと考えているようだ。

「言うとおりにしたとして、アドリーは助かるの？」

「あんな奴らでも修練場内での約束は守るはずだ。だからピートは逃げるといい。そもそもが、偶然助けてもらっただけの関係だ。あなたが巻き込まれる必要はどこにもない」

「そうかぁ。でもそれは困るな。どうせエッチなことをするなら僕としてもらいたい」

ピートは一歩前に出た。

「まさか勝ち目があるというのか？」

「うーん。やってみないとわからないかなぁ」

ピートの手札は、ペンダントのハナ、武器なのか怪しいザガンの右腕、何が起こるかよくわからない真技解放【劣】ぐらいのものだ。これで確実に勝てるとはとても言えないだろう。

「とりあえず防御に徹しといてよ。どうにかなるかやってみる」

ピートが敵《かな》わなくて死んだとしても、アドリーの状況はそれほど変わらないだろう。ならばやるだけやってみるかと考え、ピートは前方へ歩きだした。

そちらには短剣、弓、剣と盾を持った三人がいて、背後には階段が見えている。道はこちらで合っていたようだ。

アドリーは背後の三人に向き直り、睨みを利かせている。複数のオークの攻撃に耐えていたのだから、少しの間はそちらを任せておいても大丈夫だろう。

もちろん、これらの選択が正しい保証はどこにもない。

だがピートはどこまでも楽観的だった。死んだならそれまでと思っているのだ。

「おいおい。逃げてもいいとは言ったが、本当に逃げるつもりかよ？」

「どうするよ。本当に逃がしてもいいのか？」

戦いを挑んでくるとは思っていないのだろう。ピートが階段を上って外に出るつもりだと考えたのか、彼らは近づいてくるピートをまったく警戒していなかった。

先ほど、眼鏡の男はピートのレベルを1だと馬鹿にしていた。彼らにとってレベルとは戦力の絶対的な指標なのだろう。

――僕がレベル1で彼らがレベル100か。見る限りでは百倍も差があるように思えないけど。

通路の幅は約五メートル。男たちは中央に固まっていて、左から眼鏡の男、弓の男、全身鎧の男だ。ピートは通路の左端に近づいた。

このまま逃げると思っているのならそう思わせておけばいい。

「何も持ってない奴を相手にしてもな……いや、ちょっと待て」

「なに？」

ピートは立ち止まった。

「見逃してほしいならそれを渡しな」

「これ？」

ピートはザガンの右腕を差し出した。

「ちげぇよ！　てめぇが首からかけてるやつだ！　そいつは金目のもんだろうが」

「これか。じゃあ、あげるよ」

ピートはペンダントを外した。

「真技開放」

ピートはぽつりと呟き、王女の真心を全身鎧の男にめがけてふわりと投げた。

『ちょっと！　まさか私を爆発させるつもりなんですか⁉』

「な⁉」

ペンダントが喋るとは思っていなかったのだろう。

受け取った全身鎧の男は困惑し、全員の注目がペンダントに集まる。

ピートは、瞬時に眼鏡の男へ近づき、眼鏡に触れた。

真実の眼鏡
効果：ステータス鑑定＋1
真技：眼鏡フラッシュ（未解放）

触れた瞬間に、眼鏡に重なるように文字が浮かび上がった。相手の力を見極める特殊な眼鏡だ。

このアイテムには真技があるかもしれないとピートは考えたのだ。

「眼鏡フラッシュ」

即座に真技名を把握し、そのまま唱える。

途端に眼鏡が強烈な輝きを放った。

真技名から効果を予想して目をつぶったピートだが、それでも目の前は真っ白になり何も見えなくなった。

その場にいた者たちが一斉に悲鳴を上げた。全員の視界が白光によって閉ざされたのだ。

――全員の目が眩んでるならチャンスかな。

目をつぶっていたピートの立ち直りは早い。振り返り、後方の男たちに向かって駆け出した。

案の定、後ろの男たちも眼鏡から発せられた閃光を食らって混乱している。

そして、その男たちと相対していたアドリーの目は眩んでいない。

「アドリー。こいつらを攻撃する」

「ああ!」

向かう先にいるのは、槍と革鎧、杖とローブ、大剣と革鎧の男たちだ。

ピートは、ザガンの右腕を槍の男の頭めがけ投げつけた。尖った爪で少しでも傷つけばいいと思ってのことだったが、その効果は劇的だった。そろえた指先が深く突き刺さったのだ。

槍の男は死んだと見なし、ピートは杖の男に駆け寄った。おろおろとしていたので、肩を掴みながらふくらはぎのあたりを刈り、倒れたところで顔の中央めがけて足を踏み下ろす。踵《かかと》がうまく男の鼻に当たり、後頭部を床に叩きつけた。

大剣の男は、アドリーが倒していた。上段から振り下ろした剣で顔面を叩き割ったのだ。

背後で爆発音がして、ピートは振り向いた。真技解放から五秒が経ったようだ。

眼鏡の男の首から上がなくなって倒れていた。

隣にいた弓の男は眼鏡の破片を食らって顔を押さえている。

全身鎧の男は無傷だが、視力が戻りこの惨状を見て呆然としていた。

「さて。じゃあ交渉しようか」

「交渉……だと？」

鎧の男が、怒り混じりの声を返した。

「うん。さっきまでは六対二で楽勝だと思ったから、交渉するつもりがなかったんでしょ？」

後方にいた三人と、眼鏡の男は砂になったので二対二になっている。

弓の男は戦えそうにないので、実質は二対一だろう。

「ふざけんな！　ここまでされて黙ってられるかよ！」

「ピート……こんなことにならないように、先に交渉するんだよ……」

アドリーは呆れたようだった。交渉はお互いが無傷でいられるためにするものらしい。

「アドリー。ハナをあの人にあげちゃったんだけど、あの人の物になったのかな？」

「そうだな。先ほど、譲渡《じょうと》の意思を示しているから所有権は渡ったと考えるのが妥当だろう」

「そっか。となるとただ殺しても、取り返せないかもしれないと」

ピートは砂になった者たちを見た。

どこからともなく吹いた風に散らされていき、後には少しばかりのアイテムが残されていた。一人につき、一つか二つといったところで、他のアイテムは体と一緒に砂と化している。

『え？　もしかしてドロップしなかったら、私、砂になっちゃうんですか!?　なんで勝手に人にあげちゃうんですか！』

「隙ができるかなって。実際、できたでしょ」

ピートは、床に落ちているザガンの右腕を拾った。これは譲渡したことにはならずにそのまま残ったようだ。

「じゃあ戦いを続行しようか。返してくれる気になるまで、痛めつけることにするよ。一緒に砂になっちゃったらごめんね」

ハナに謝りつつ、ピートは打つ手を考えた。

ピートは後方の男たちのところへ移動したので、鎧の男たちとの距離はそれなりにある状況だ。

ピートは、右手に持っているザガンの右腕を見た。ザガンの右腕は、全長三〇センチほど。肘から先だけの状態だ。鎧の男が持つ剣は、刃渡りだけでも倍ほどはある。

つまり、リーチではかなり不利な状況だ。

真技が役に立つかと確認してみたが、『支配のコイン（未解放）』という真技名からは効果を想像できなかった。

投げつけて爆発させるのもいいが、一度見られている。考えなしにいきなり投げつけても効果は薄いだろうし、下手をすれば投げ返される可能性もある。

それよりは単純に武器として使ったほうが効果的だろう。ザガンの右腕の先端にある爪は想像以上に鋭く、人の顔面を容易《たやす》く貫くほどなのだ。

とりあえずは刺突武器として使えばいいのかもしれない。武器としての使い勝手を想像していると、ザガンの右腕の指先がぴくりと動いた。

動くものだと思ってみれば、指先を操ることができた。感覚としては腕が伸びたようなものだ。

「アドリー。預けてる左腕を返してもらえる？」

「それはいいが、先ほど回収した短剣と杖なら貸すことができるぞ？」

「多分、腕のほうが強そうだ」

それに、それらのアイテムはアドリーの仲間がドロップしたもの、言わば形見だろう。アドリーがいいと言ったとしても、それを使うのは躊躇われたのだ。

「そうか」

それ以上は聞かず、アドリーはピートにザガンの左腕を渡した。

ピートは、ザガンの右腕でザガンの左腕を掴んだ。そして、この状態で左腕を操れることを確認する。ちょっとした思いつきだったが、これでリーチは剣に近いものになった。

「なんだそれは……気持ち悪いな……」

「じゃあ僕は左側からいくから。アドリーは右側から行って鎧の人を攻撃してよ」

ピートたちは左右から近づいていった。

鎧の男は防御に徹するつもりなのか、盾を構えて待ち構えている。

ピートはまず、顔を押さえてうずくまっている弓の男に近づいた。いつ復活するかわからないのは面倒なので、さっさと始末しておくべきだと考えたのだ。

連結したザガンの腕を伸ばし、男の首を掴む。そのまま力を入れて爪を食い込ませると、鈍い音がして首の骨が折れた。

同時に、アドリーが大剣で鎧の男に斬りかかった。だが、その攻撃は盾でなんなく防がれている。

男には余裕があるし、アドリーに勝ち目はなさそうだ。

先に向かわせたのはまずかったかとピートは思ったが、男はすぐに反撃に転じなかった。

男の戦闘スタイルは防御を固めて、相手の隙をじっくりと窺うもののようだ。

仲間を殺されて激昂《げっこう》しているようだったが、冷静さを失ってはいないらしい。

弓の男が砂になったのを確認したので、ピートも鎧の男を攻撃することにした。

アドリーとは反対側から近づき、ザガンの腕で殴りかかる。

男はあっさりと剣で腕を弾き、さらにピートに斬りかかった。左右からの同時攻撃をいなしながら反撃までできるらしい。ただ、ピートはその攻撃を予期していたので、飛び下がってあぶなげなく斬撃を躱《かわ》した。

男が驚きの顔を見せた。まさか躱されるとは思ってもいなかったのだろう。レベルに凄まじいまでの差があるので、今の攻撃で仕留められると確信していたのだ。

——やっぱりどうしようもないほどの差は感じないな。ま、当たれば即死なんだろうけど。

今の攻撃程度なら躱せるが、頑丈な鎧越しにダメージを与えるのは難しいだろう。攻略するには少し工夫《くふう》が必要そうだ。

「じゃあこういうのはどうかな」

ピートは再びザガンの腕で殴りかかった。

剣と腕が激突したが、今度は弾かれなかった。ザガンの腕の指先で、剣を掴んだのだ。

「なに!?」

ニコラスの剣
効果：切れ味＋1
真技：スラッシュ（未解放）

ザガンの腕経由でも接触したことになるらしく、文字が浮かび上がった。

このまま真技開放も可能なようだが、技名からすると剣を向けた相手、ピートに対して発動しそうだ。

ここからどうするかと考える間もなく、アドリーが男に斬りかかった。男は、剣を手放して飛び下がった。振り払えないと判断したのだろう。

ザガンの腕にはかなりの握力があるようだ。

「今ならまだ交渉に応じるけど？」

「くそがっ！」

ピートは剣を捨てて、ザガンの腕で殴りかかった。

男は腕を盾で防ぎ、ウエストバッグから予備の剣を取り出した。

ニコラスの盾
効果：炎耐性＋2
真技：ディフェンスアップ（未解放）

腕が盾に触れたことで真技名がわかった。この真技なら発動しても大した影響はないだろうと推測し、ピートは盾に接触した状態で詠唱をはじめた。

「真技開放、ディフェンスアップ。アドリー、下がって」

アドリーが素直に後退し、ピートも一気に後ろへと飛び退いた。

　男はその場から動かずに盾を構えた。距離を取ったピートたちを訝しく思ったようだが、防御を優先したのだ。

　しばらくして盾が爆発し、男は派手に吹っ飛んで壁に激突した。頑丈《がんじょう》な鎧が衝撃を防いだのか、ダメージは大してないようだ。

　便利に使っている真技解放後の爆発だが、それなりの防具なら防げる程度の威力らしい。

「次は鎧が爆発するよ」

　ピートは、うずくまっている男に近づいて言った。

　鎧に真技があるかを確認していないが、脅しにはなるだろう。

「くそっ！　どうなってやがる！　レベル1なんじゃないのかよ！」

　そう言いながら男は両手を挙げた。

「……降参だ。交渉に応じる」

　渋々という様子ではあるが、男ははっきりと口にした。

「まずは武装解除かな」

「そうだな。鞄からアイテムが勝手に飛び出したりはしないが、油断はしないほうがいいだろう」

　ピートは男のウエストバッグを外し、手の届かないところに置いた。ちなみにこのバッグを奪っても、所有者以外は中身を取り出すことはできないとのことだ。厳密に言えば、製造元へ持って行けば強制開封できるが、そう簡単なものではないらしい。

「じゃあ、ペンダントを返してよ」

　ピートは手に持っているハナを男に見せて譲渡を迫った。戦いの最中に男が落としたので回収したのだが、それだけでは所有権が変わらないと思ったのだ。

「わかった。それは返す」

「こんなことでいいの？」

ピートはアドリーに確認した。

「常識的に考えて今の発言は譲渡を意味するだろう」

取り返せたようなので、ピートはハナを首にかけた。

『もう！　本当にもう！　どうなるかと思いました！　こんなことは二度とやめてくださいね！』

「善処するよ」

喋る以外に能のないペンダントだ。なくなってもさほど問題はないが、初めて喋った相手なので多少の情はあった。なくしてしまえば、ずっとひっかかりを覚えることになる気もしたのだ。

「で、他はどうするんだ？」

「特にないけど？」

「そうなのか？」

「いきなり挟み撃ちにして一方的に要求を突きつけてきたから戦っただけだし。アドリーは何かこいつらに要求することはあるの？」

「色々と文句はあるが、今はそんなことよりもさっさとここを出たい」

「そういうわけだ。だから特に要求はないよ」

ピートは、床に置いていたバッグを拾い上げ、遠くへとぶん投げた。

男は呆気に取られた顔になっていた。なんの要求もないとは思いもしなかったのだろう。

「中に色々入ってるんでしょ？　誰かに取られる前に回収したほうがいいんじゃない？」

「あ、ああ……」

男が立ち上がり、よろよろと歩き出した。鎧は壊れなかったが、爆発のダメージは内部に浸透していたようだ。先ほどまでは平気そうにしていたが、実は限界に近かったのかもしれない。

この様子ではモンスターに襲われるとひとたまりもないかもしれないが、それはピートの知ったことではなかった。男の生死になどなんの興味もなかったのだ。

「落ちてるアイテムはどうする？」

「見たところ大した物はないようだな」

「じゃあ、今のうちに行こう」

ここからは迷いようがなかった。なにせ目の前に階段が見えているのだ。真っ直ぐに進むだけで階段に辿り着くことができた。

一本道の突き当たりに、闇へと続く階段が延びている。すぐに出口というわけではなさそうだ。

「ここでいいの？」

「出口につながる階段は一つだけだから、ここで間違いない」

隣に来たアドリーが言った。

ピートたちは階段を上りはじめた。ここも幅は五メートルで、ぼんやりと天井が輝いていて、どうにか視認できるのは前後二ブロックほどだ。

しばらく上っていくと四角い光が見えてきて、そこから出口まではすぐだった。

階段を上りきると赤茶けた地面の上に出た。振り返ると、地面に四角い穴が空いていて、下への階段が見えている。地面に綺麗な穴が空いている光景はどこか不自然なようにピートには思えた。

「ここは？」

「ミルタ山の山頂だ。帝国で一番高い山だな。標高は三千メートルほどだったか。ここまで来るだけでもそれなりに大変だった」

『帝国ですか⁉　ケルン王国ではなくて⁉』

ピートは、ハナがケルン王国の第三王女だと思い出した。ピートがどこで大魔王と戦ったのかはわからないが、ハナはここがケルン王国だと思っていたのだろう。

「ここはマダー帝国だ。ケルン王国というと東にあった国か。しばらく前に滅びたと聞いているが」

『え？　滅びた？　しばらく前？　じゃあ、今は何年なんですか！』

「帝国歴一六二三年だ」

『……ああ！　暦《こよみ》が違うのでよくわからない！』

「ハナって王女様なんだよね？」

だったら他の国の暦ぐらい知っていそうなものだとピートは思った。

『……えーと……王女の魂の複製なんですが……私が知らないということは本人もよく勉強していなかったということに……』

「東かぁ。山頂なら、ここから見えるかな？」

「ああ。ここからなら遠くまで見渡せる。東はあっちだな」

アドリーの案内に従って歩いていくと、すぐに断崖《だんがい》に辿り着いた。東側を見たところで記憶のないピートにはよくわからないと思っていたが、そちらには予想外の光景が広がっていた。

闇だ。

陽光の照りつける中、不自然に暗い一帯があるのだ。

ここからではその正体はよくわからないが、闇が蠢《うごめ》き、渦を巻いている。

闇はどこまでも広がっていきそうなものだが、一定の境界内におさまっているようだ。

時折、闇の中から巨大な塊が跳ねていた。流線型のそれは魚類のような姿をしているので、闇の中を泳ぎ回っているのかもしれない。

『あれは一体⁉』

「さあな。瘴気の類いではないかと言われているが、詳しくは知らない。あの暗闇の下にはいくつかの国があったと聞く。その内の一つがケルン王国だったはずだ」

『あんなのを放っておいているんですか⁉』

「あれは国境を越えられないと広く知られているから、不気味ではあるがああいうものだとこの国では思われているな」

見るからに邪悪な気配を放っている闇ではあるが、マダー帝国への影響は一切ないのだという。

『あんなの大魔王の仕業《しわざ》に決まっているでしょう⁉　きっと大魔王に支配されてしまったんです！　早くなんとかしないと！』

「……ん？　なんとかしないとって、もしかして僕に言ってる？」

『え？　なんで、私無視されようとしてたんです⁉』

「いや、だって僕には関係ないし」

『故国が闇に蹂躙《じゅうりん》されているんですよ！　あれを見てなんとも思わないんですか⁉』

そう言われたので少しばかり真面目に考えてみたが、やはりなんとも思わなかった。遠く離れた地が闇に包まれている。ただそれだけとしか思えないのだ。

「故国って言われてもそんな気がしないし。そんなことよりアドリー。今から山を下りるの？」

『そんなことって……』

「さすがに今からは無理だな。近くに村があるから、まずはそこへ行こう」

西側を見てみれば、数件の建物が集まっている場所がある。アドリーがそちらに向かったので、ピートも並んで歩きだした。

村に向かいながらピートは辺りを見回した。標高が高いためか植物はほとんど生えていない。赤茶けた地面の上に石が転がっているだけの殺風景な場所だった。

「こんな場所に村を作っても不便じゃないの？」

「その通りだが、法律があるんだ。どれほど辺鄙《へんぴ》な場所であろうと、修練場が発見されたならそばに村は作られるというわけだ」

「新しく見つかるってことは、修練場は国が造っているわけじゃないの？」

「そうだな。理由はよくわからんが、消えたり出たりする。ただ、そう頻繁なことではない」

「ということは、僕たちがさっきまでいた修練場は最近出てきたのかな？」

村に近づいていくと、建物が新しいことがわかってきた。木造建築であるため年月による劣化は如実《にょじつ》に表れるはずだが、ピートには新築のように見えたのだ。

「選帝宮《せんていきゅう》が発見されたのはひと月ほど前のことだな。村はそれから慌てて作られたんだ」

「選帝宮というのは修練場の名前？」

「修練場にはいくつかの種類があるが、その中でも特別なのが選帝宮だ。その名の通り、皇帝を選ぶための迷宮で、攻略が選帝と直結している。つまり、最奥《さいおう》まで行けば誰でも皇帝になれるのだ」

「誰でもってことは、どこの誰かもわからない僕みたいなのでもってこと？」

「最奥にはレガリアの本体があって、触れた者がレガリアの所有者となる。レガリアの所有者が国の代表者であり、皇帝を名乗っているわけだ」

「レガリアって王権を象徴《しょうちょう》するような物のことだよね。皇帝になった時に前皇帝から譲られるってことならわかるんだけど、レガリアを触っただけで皇帝になるの？」

「なるんだよ。そういう仕組みなんだ」

「そもそもレガリアって？」

「簡単に言えば、国全体に神秘を及ぼすことのできる魔宝具《アーティファクト》のことだな。太古に神が人々に与えたとされている」

「そんなすごい物を皇帝が持ってるんじゃなくて、迷宮の奥に置いてあるの？」

「他国のレガリアは王が持っているんだがな。我が国のレガリア、凶王《きょうおう》の修練場は例外だ。発生場所から動かすことができないんだよ」

「なるほど。でもそれだとどんな馬鹿が皇帝になるかわかったものじゃないね」

「どれほどの愚物が皇帝になろうとも、選帝宮を攻略できる実力があるのなら問題とはされんな。文句があるのなら、選帝宮を攻略してみろという話になる」

　そんな話をしているうちに、村の前に到着していた。

　村といっても五棟の建物が建っているだけのことらしい。一番大きな二階建ての建物が村の中心らしく、その周囲に平屋の建物が四つ建っていた。

村の構成要素としてはそれらの建物で全てのようだが、周囲には天幕《てんまく》がいくつか張られていた。

華美で豪華な天幕は、只ならぬ者たちが使っていると一目でわかるほどだ。簡素な木造建築物よりは、よほど過ごしやすいであろうと思われた。

「さすがに村の中で持ち歩くのはどうかと思うので預かるが、いいか？」

アドリーが言っているのは、ピートが持つザガンの右腕と左腕のことだ。持っているだけで異様な雰囲気になるし、目立つのでしまっておいたほうがいいのだろう。ピートが腕を渡すと、アドリーはそれをウエストバッグに格納した。

「人はいないね」

村の外を出歩いている者は一人もいなかった。

「選帝宮は最高難度の修練場だ。挑む者はそう多くない。スタッフも最小限しかいないので、こんなものだな」

「で、村でどうするの？」

「首屋《くびや》に修練場の管理者がいるんだ。ピートの状況について何か知っているかもしれない」

アドリーはまっすぐに進んでいった。村の中央にある一番大きな建物が首屋らしい。

アドリーが首屋に入っていったので、ピートも続いて入った。

「変態だー！」

建物の中にいた少女がピートを見た瞬間に大声で叫んだ。

「変態って僕のことだろうか？」

「他にいないと思うぞ？」

アドリーは馬鹿なことを聞くなと言わんばかりの呆れた様子だ。

入口を入ってすぐにL字カウンターがあり、中は厨房になっている。左側を見ればテーブルがいくつか並んでいるので、雰囲気からすると飲食店のようだ。エプロンを着けた小柄な少女はウェイトレスなのだろう。

「変態でもなんとでも呼んでくれていいけど、この店は客を選《え》り好みするのかな？」

「む……そう言われると……いやいやいや！　さすがに入店拒否しますよ！　裸の人ウェルカム！なんてお店はそうそうないですよ！」

一瞬、納得してくれるかとピートは思ったが、さすがにごまかせはしなかった。

「ここまでなんとなく見過ごしていたのだが、裸はまずいよな……」

『私は最初から、まずいまずいと思っていましたよ？』

「首屋の主人に会うには服がいるよな……」

「服か。確かにあったほうがいいよね」

「あ、よかったです。それが当たり前と思ってる人たちだったらどうしようかと思いました！」

ウェイトレスも多少はほっとした様子だった。

「よし！　まず、服を買いに行こう」

アドリーが引き返したので、ピートも続いて首屋を出た。

「ここに服を売ってる所があるの？」

「村に必要な施設として店が用意されている。金のことなら心配するな」

『あ！　それをお礼ということにすればいいんじゃないですか!?』

「えー？　それがお礼になるなら服なんていらないんだけど」

「い、いや。それは別の話だ。とにかく服は必要だろうし、遠慮《えんりょ》はしないでくれ」

ピートが要求したお礼について思い出したのか、アドリーは慌ててそう言った。

ピートたちは、首屋の隣にある建物に移動した。

そう広くない店内には、所狭しと武器や防具が並べられていた。

入口の向かい側にカウンターがあるので、購入はそこでするのだろう。店員の姿は見えなかったが、カウンターの奥に扉があるのでそちらにいるのかもしれない。

入る時にドアベルが鳴ったので、そのうち出てくるのだろう。

「随分と詰め込んでる感じだな。服も置いてるんだよね？」

「武具、雑貨、食料と修練場で必要なものは総合的に取りそろえているはずだ。私も来たのは初めてだから、どこに何が置いてあるかまでは知らないが」

「じゃあ店員さんに聞いた方が早いかな？」

自力で探すのも大変そうだとピートが早々に諦めると、奥の部屋の扉が開いた。

出てきたのは、細身で眼鏡をかけエプロンを着けた女性だ。

「こんにちはー」

「へいらっしゃ……うわぁああ！」

女性店員がピートを見て叫びをあげた。

『早く服をどうにかしないと、ずっとこんなことになりますよ……』

「その服を買いに来たのに」

「裸で買いに来る客を想定はしないよな……」

「あ、服！　服ですね！　そうですよね、裸ですもんね！」

店員の立ち直りは意外に早かった。

「服でしたらそちらです！」

店の隅に衣服の類いは置いてあった。大きな箱に無造作に詰め込んであるそれらは、くたびれているので古着のようだ。

ここから適当なものを探し出せということだろう。

近くにはカーテンで仕切られた試着室と鏡もあるので、ここで服を合わせろということらしい。

ピートは鏡の前に立ち、自分の顔を確認した。

「どんな顔なのかようやくわかったよ」

『そういえばこれまで顔を確認できる機会はありませんでしたね』

髪は金色で胸のあたりまで伸びていて、瞳は青く透き通っている。整った顔は少しばかり女性のようにも見えた。

男などどれもこれも小汚く、見ているだけで嫌だと思っていたピートはほっとした。これなら鏡を見るたびに嫌な気分にならずに済みそうだ。

「寝てる間に伸びたのかな？」

『そうですね。以前はもっとさっぱりとした感じでしたね』

「鬱陶《うっとう》しいし切ろうかな。アドリー、鋏を持ってたら貸してもらえないかな？」

「鋏はないな。短剣ならあるので、これで切ればいいだろう」

「ちょっと待ってください！」

すると、店員が割り込んできた。

名札によれば、グニラ・ストレームという名前らしい。

「短剣で切るって雑すぎやしませんか!?　それにそんなに綺麗な髪をただ切るなんてもったいないですよ！」

「そう？　短くなればなんだっていいんだけど」

「でしたら！　私が切りますので、その髪を売ってもらえませんか！」

「ああ。だったら自分で服を買えるからちょうどいいね」

できるなら借りを作りたくないので、これは助かるとピートは考えた。

「じゃあ髪と服を交換してよ」

それでいいことになった。

＊＊＊＊＊

「ほう、なかなか様になっているじゃないか」

試着室から出てきたピートを見て、アドリーが満足そうに頷いている。

ピートは焦げ茶色のチュニックに紺色のズボン、編《あ》み上げのショートブーツを履いていた。

髪は切ってもらったのでかなり短くなり、すっきりしたのでピートは満足していた。

「じゃあこれをもらうよ」

「お買い上げありがとうございます。こちらは髪の代金です」

ピートがカウンターの前に行くと、グニラが金貨を三枚取り出して置いた。もちろん服の代金は引いてもらっている。

「これはいくらなの？」

「三万リルですね」

金貨一枚が一万リルらしい。

「これってどれぐらいの価値なんだろうね？」

『リル……聞いたことのない単位です……』

「ハナの勉強不足には今さら驚かないけど」

『な!?　よその国の貨幣《かへい》単位なんてわかりませんよ！』

「王族は知ってるものじゃないかなぁ」

「結構な額だぞ。参考になるかわからないが、この村での食事なら一人あたり十リルほどだ」

しばらくは食うに困ることはないぐらいの金額のようだし、ピートに文句はなかった。

「しかし髪の毛にそれほどの価値があるのか……私の髪もそれなりに綺麗だと思うのだが？」

「あー、あなたのは百リルぐらいですねー」

なぜかアドリーが対抗心を燃やしていたが、グニラはどうでもいいと言わんばかりだった。

「なんだと!?」

「パサパサじゃないですか。ちゃんと手入れしてるんですか？　ピートさんのは細くて艶々《つやつや》でサラサラでつるっつるなんですよ！　一緒にしないでもらえますかね！」

「そ、それは……仕方がないだろう……修練場内でいちいち手入れなど……」

「で。このお金で何か買ったりしませんかぁ？　武器とか防具とか！」

グニラがカウンターに身を乗り出してきた。

「おっぱい」

「え？」

『唐突になんなんですか⁉』

「いや、カウンターに乗ってるから気になって」

グニラの見事なものがカウンターテーブルで押しつぶされるようになっていた。

「あー、これは売り物じゃないんで……」

グニラの頬が少しばかり赤くなっていた。無意識にそうしていたのだろう。

『見たものをそのまま口に出すってちっちゃな子供じゃないですか……』

ハナが呆れたように言う。ピートも少しだけ反省した。

「すまんが、他の買い物は後にしてくれ。首屋に入るために服を買いに来たんだから」

「じゃあ、また後で来るね」

「はい、お待ちしてますねー！」

ピートたちは、グニラの店を出て首屋へと戻った。

「いらっしゃいませー！」

今度はウェイトレスもにこやかに迎え入れてくれた。

「これで大丈夫かな?」

「普通は、裸でさえなければ大丈夫なんですよ……お食事ですか?」

「いや、腹は減っているがそれは後だな。まずは主人に会いたい」

「でしたら、こちらへどうぞー!」

首屋の入口を入るとすぐにL字カウンターがあるのだが、ウェイトレスはその中へと案内した。

奥へ行くと扉があり、そこに主人がいるようだ。

扉をノックすると返事があったので、ピートたちは中に入った。

それは、雑多な部屋の中心に突っ立っていた。少女の姿をしたそれの手足や胸は生身ではなく、なめらかな素材でできた装甲のようになっている。おそらくそれは人ではないし、生き物ですらないとピートは直感していた。

「彼女がレガリアの副端末。選帝宮の化身《けしん》であり、首屋の主人だ」

ピートがまじまじと見ていると、アドリーが紹介した。

「ということは各修練場につき彼女みたいなのがいるってことかな?」

「そうだ。修練場の発生と同時に誕生し、修練場の管理を行うんだ」

「こんにちは。本日はどのようなご用件ですか?」

化身は、抑揚《よくよう》のない声でピートに尋ねた。

「体、触ってもいい?」

「いいですよ」

化身はあっさりと了承した。

『いきなり何を言ってるんですか⁉』

「いや、不思議な姿だし、どうなってるのかなって」

憤るハナは無視し、ピートは化身の少女に近づいて体に触れた。

顔は人間そのものだった。頬は柔らかく張りのある肌をしている。胸のあたりは冷たく硬くなめらかな素材でできていた。服か鎧を身につけているのかと思ったが、このような体らしい。腕や足も同じような素材で構成されているのだが、なぜか顔と二の腕と腹から太もものあたりは生身の人間のようになっていた。

「ここまでじっくりと私の体を触る人間は初めてです。もっとも私は生まれてからひと月ほどしか経っていませんので、見聞《けんぶん》が足りないだけかもしれませんが」

表情こそ変わらないが、化身の少女は少しばかり戸惑っているようだった。

『ほら！　化身の方も呆れてますよ！』

「化身では他の副端末と区別がつきませんので、私のことはセンテとでもお呼びください」

センテは選帝宮の略なのだろう。単調な喋り方ではあるが、気さくなタイプのようだった。

「なんでそんな体なの？」

「特別な意味はありませんが、お姉様がたとの差別化を図るためですね」

「そう言われれば、確かに副端末はそれぞれで姿が異なっているな」

他の修練場に行ったことのあるアドリーには覚えがあるようだった。

「じゃあ胸を生身にするのはできるの？」

「そうですね。パーツを換装すれば可能ではありますが」

『そんなことを聞きにきたんでしたっけ!?』

ハナが苛《いら》ついているようなので、ピートは本題を切り出すことにした。

「僕は、何もかも忘れた状態で選帝宮の中で目覚めたんだけど、僕について何か知らないかな?」

ピートは、ここに来るまでの経緯を簡単に話した。

「記録を確認しました。イレギュラーエントリーがありますね。選帝宮生成時に近隣の異空間とコンフリクトを起こしていました。ピートさんはそこからいらっしゃったのではないでしょうか」

「なるほど。じゃあ僕が記憶喪失なのは選帝宮とは関係がなくて、なんだかよくわからないけど迷い込んだって感じなのか」

つまりセンテは、ピートのことなど何も知らないのだ。

「イレギュラーエントリーってまずかった?」

「どのような経緯であっても、修練場を訪れた方は修練者として扱っておりますので、特に問題はないですよ」

「よかった。もしかしたら怒られるかと思ってたよ」

「ただ、修練場へのエントリーで私と強制的にリンクしてしまいましたので、マダー帝国民ということになってしまいます。ご希望でなかったとすれば申し訳ありません」

『え? ちょっと待ってください! ピートはケルン王国民ですよ!』

「ケルン王国のレガリアは、『誓約《せいやく》の天秤《てんびん》』ですね。残念ながらそちらとのリンクは切断され、『凶王の修練場』とリンクしています」

『そんな……じゃあどうすればいいんですか!』

「もう仕方ないんじゃ？」

ピートにすれば、不都合がないならどこの国民にされようがどうでもよかった。

「一般的には、領域内に一定期間留まればその国家のレガリアとの間にリンクが形成されます。レガリアの乗り換えはそう難しいことではないですよ」

『じゃあやっぱりケルン王国に行きましょう！』

「やだよ」

『うぅ……なんだってピートはそう頑固なんですか……』

ケルン王国に思い入れがないので行く必要を感じない。ピートにすればそれだけのことなのだが、同じことを何度も繰り返し説明するのはやめておいた。

「じゃあ、センテは僕のことはよく知らないってことだし行こうか」

「少しお待ちください」

部屋を出て行こうとするとセンテが呼び止めてきた。

「せっかくやってきたのです。もう少し何か用事はありませんか？」

「暇なの？」

「はい。ここにはほとんど修練者がやってきませんので」

無感情かと思いきや、暇を持て余すぐらいには人間くさいところもあるようだ。

「じゃあ、なんでここは首屋って言うの？」

アドリーが知っているかもしれないが、とりあえず疑問に思ったことを聞いておくことにした。

「昔はモンスターの首を買い取るシステムだったのでその頃の名残《なごり》ですね。面倒だという声が多かったので、分解回収するシステムへと変更になりました」

「じゃあモンスターを倒せばお金がもらえるの？」

「基本的にはそうですが、選帝宮ではもらえません」

「そっか。それは残念だけど仕方ないね。センテは修練場の化身てことだけど、宝箱とかトラップとかを配置してるの？」

「修練場の運営は別個体がやっています。私は修練者さんのお手伝いが専門ですね。ジョブチェンジ、パーティの結成などを担当しております」

「ジョブかぁ。僕はなしらしいんだけど、チェンジできるのかな？」

「ピートさんがチェンジ可能なジョブは次の二つ、露出狂《フラッシャー》と自由人《フリーマン》です」

『なんなんでしょう。どっちもろくでもない気がするんですが……』

「修練者の行動に応じて選択可能なジョブが決まるのか」

「その通りです。チェンジなさいますか？」

「なるほど……聞いたことのないジョブだ。習得条件を満たすのが難しいのだろうな」

珍しいジョブだと思ったのか、アドリーが感心していた。

「このジョブになると何があるの？」

「それは私からはお伝えできないことになっています」

「じゃあ、今後は服を着るから自由人《フリーマン》にするよ」

『服を着るのは当然として、露出狂《フラッシャー》って絶対選んじゃいけないやつですよね……』

「まあジョブなしよりはましだろうな。ジョブごとに何かしら有利な特性があるわけだから」

「はい。ピートさんのジョブは自由人《フリーマン》になりました」

センテはそう告げたが、ピートには何かが変わったようには思えなかった。

「パーティ結成ってのはセンテに頼まないと駄目なものなの？」

「管理者が認めたパーティは、ただ一緒にいる集まりとは違います。パーティ用のスキルを適用できたり、お互いの位置がわかるようになったり、簡単な意思疎通ができるようになったりしますよ」

「そうなんだ。アドリー、パーティを組んでみてもいいかな？」

「そうだな。特にデメリットはないし構わないぞ」

アドリーとは明日にも別れることになりそうだが、試しにパーティを結成することになった。

＊＊＊＊＊

センテの部屋を出て、ピートたちは酒場に向かった。

酒場にはちらほらと客がいるがあまり盛況ではなさそうだ。ピートたちは入口近くのテーブル席についた。

適当に食事を頼み、一息ついてからアドリーは話し始めた。

「ようやく落ち着けたな。まずは、ありがとう。今私がここでのんきに礼を述べていられるのもピートのおかげだ」

「大したことはしてないけどね。女の子が困っていたら助けるのは当たり前だよ」

『その台詞《せりふ》自体は勇者っぽいんですけどね……要求したお礼の内容がひどいですよね……』

「アドリーはこれからどうするの？」

「そうだな。まずは体を休める。それから下山して、パーティメンバーを募《つの》るつもりだ」

手ひどい目にあったはずだが、アドリーは選帝宮の攻略を諦めてはいないようだ。

「ここでは探せないの？　この村に来てるのは選帝宮に入るつもりの人なんでしょ？」

「まず無理だな。選帝宮は最高難度のため挑もうとする修練者はほとんどいないんだ。今、この村にいるのは数パーティといったところだ。それにレガリアに到達した時のことを考えれば、よそ者をパーティに組み込むことはできないんだよ」

選帝宮攻略パーティメンバーは、新政権の重鎮《じゅうちん》になることが慣習になっている。そのため、どのパーティもメンバーは厳選しているということだった。

「そうかぁ。中々大変なんだね」

「ピートはどうするんだ？　なんとなく連れてきてしまったがよかったのか？」

「よかったよ。アドリーと出会わなかったら、何もわからずにまだうろうろしてただろうし、感謝してる。でも、これからどうしようかな」

ピートには記憶がない。帰るべき場所も、やるべきことも、やりたいことも何も覚えていない。

ピートには、目覚めてからここに来るまでの体験しかないのだ。

「そうだなぁ。さっきの修練場、もうちょっとうろうろしてみようかな」

思い返してみれば、未知の迷宮を探り探り歩いているのは楽しかったのだ。

『なんでそうなるんですか！　アドリーさんと一緒に下山して、ケルン王国に帰還するんですよ！』

「え？　嫌だけど？」

ピートは即答した。

『なんなんですかそれは！　何が嫌だって言うんですか！』

「誤解がないように言っておくと、アドリーと一緒に行くのが嫌だってことじゃないよ。ハナに言われたからって、何も考えずにはいそうですかと行くのが嫌なんだよ」

『なんだってそんなにひねくれちゃったんですか⁉』

「ひねくれてるかな？　素直に自分の思いを言っているだけなんだけど」

ここに居続ける理由は特にない。だが、ケルン王国に行くべき理由も特にはなかった。

「あー、その。すまないがピートを連れては行けないんだ」

申し訳なさそうにアドリーが言った。

『なんでアドリーさんまでそんなことを⁉』

「意地悪を言っているわけではない。下山には大転移石を使おうと思っているのだが、使用条件が色々あってな。簡単に言ってしまえば一人用なんだ」

「転移なんてできるんだ」

「どこにでも行けるわけではないんだがな。今回なら帰還にしか使えない」

修練場間は転移石というアイテムを使うことで転移ができる。ただ、転移できるのは使用者が踏破《とうは》したことのある修練場に限られているらしい。つまり、他の修練場に行ったこともないピートが転移することはできないのだ。

「その転移って、アイテムは持っていけるんだよね。だったらハナは持っていけるかな？」

「それぐらいなら問題ないぞ。身につけている物は一緒に転移されるからな」

『え!?』

「ケルン王国に戻りたいんでしょ？　だったらアドリーに手伝ってもらえば？」

『違いますよ！　ピートが戻る必要があるんです！　戻って大魔王を倒さないと！』

「そんなの倒すつもりはないんだけど。アドリーは大魔王って知ってる？」

「確か、大魔王を名乗る者たちが戦いを繰り広げたと聞いたことはあるが、かなり昔の話だぞ？」

「それにケルン王国って滅びたんでしょ？　今さら戻っても」

『たとえ滅びたのだとしても！　復興《ふっこう》を目指すのが勇者というものではないのですか！』

「復興って、勇者の仕事かなぁ？　なんでもかんでも勇者に押しつけすぎじゃない？」

『じゃ、じゃあ、こんな所で何もせずにだらだらとするつもりなんですか！』

「だらだらするのもいいいんじゃないのかな？　お金はあるんだし」

『そんなの勇者じゃ――』

ハナは何かを言いかけて突然黙り込んだ。人がぞろぞろとやってきたのだ。

「あら？　アドリーさんじゃありませんの？」

アドリーは呼びかけてきた人物を苦々《にがにが》しげに見つめた。

よく手入れされた金髪を塔のように結い上げ、赤と白を基調とした派手なドレスアーマーに身を包んだ少女だ。

「誰？」

「ああ、彼女はトルデリーゼ。私の従妹《いとこ》だ」

トルデリーゼの後ろには、派手な装備ばかりを身につけた女たちが五人付いてきていた。彼女のパーティメンバーだろう。

「身の程知らずにも選帝宮に挑むだなどとおっしゃってましたので、応援に来てあげたのですけども、そういえばアドリーさんの頼もしいお仲間の皆さんは？」

「お前の仕業か……あの娘が選帝宮とはいえ、一層程度のトラップ解除に失敗するのはおかしいと思っていたんだ」

　アドリーがトルデリーゼを睨み付けた。

「さあ、なんのことやら？　それで、アドリーさんは一層も攻略できずにおめおめと逃げ帰られるのかしら？　いっそのこと死んでしまったほうが武門の誉《ほま》れというものではなくて？　これ以上、ムーブベルネ家の顔に泥を塗らないでいただけますかしら？」

「これ以上お前と話す気などない」

「私も従姉のよしみで話しかけただけのこと。せいぜい頑張りなさいな」

　トルデリーゼは、高笑いを上げながら去って行った。

「なんだったの？　あれ？」

　ピートのことはまるで眼中になかったのか、トルデリーゼは目を合わせようともしてこなかった。

　アドリーの仲間の数は把握していたようなので、生き残った一人とでも思ったのかもしれない。

「昔から、私につっかかってくるんだ。どういうわけか私をライバル視していてな。だが、ここまでするとは思いもしなかったよ……」

　思い返せば、盗賊《シーフ》の娘は最初から様子がおかしかったとアドリーは言った。

「大丈夫なの？」

「結局私のパーティは壊滅状態だ。トルデリーゼの望み通りだろうさ」

だからこれ以上何かをしてくることはない。アドリーはそう思いたいようだ。

それからアドリーは口数が少なくなり、食事が終わるとその場は解散となった。

アドリーは二階に借りている自分の部屋に戻り、ピートも部屋を借りてそちらに行くことになったのだ。

「これが宿屋の部屋か」

ベッドが置いてあるだけの小さな部屋だった。

『そういったことも覚えてないんですか？』

「うん。知識としてはあるけど、初めてって感覚しかないよ」

ピートはベッドに腰掛けた。

それなりに柔らかいし、シーツは清潔だった。新築で清掃も行き届いているので、部屋が狭いことが気にならないなら快適に過ごすことができそうだ。

ちなみにこの部屋は一番安いタイプなので、貴族であるアドリーはもっといい部屋に泊まっているのだろう。

『あの。先ほどかなり先払いをされていたようですが……』

「とりあえずひと月借りたけど」

『さっき言ってた選帝宮をうろつくって本気だったんですか!?　そんなことより、さっさと大魔王を倒しに行ってくださいよ！』

「だから、なんでそんなことをしなきゃならないの？」

『そうしないと人類が絶滅するからですよ！』

「そう？　誰もそんな心配をしてるようには見えなかったけど？」

隣国はいかにも怪しげな雰囲気になっているが、直接的な影響はないらしい。誰も大魔王が脅威とは思っていないようなのだ。

『そ、それは……ですが！　事情を知るためにもケルン王国に向かうべきだと思うのです！』

「やだよ」

『やだって……勇者がそれでいいんですか！』

「だから勇者って言われても困るんだけど」

勇者だの大魔王を倒す使命があるなどと言っているのはハナだけであり、ピートにはまったく実感がない。ピートは、実感のないことを目的にするつもりはさらさらないのだった。

『どうしたら納得してくれるんですか！』

「うーん。明確なメリットを提示してくれれば考えてもいいよ。ハナが言ってることって僕に犠牲を強《し》いているだけなんじゃないかな。人類を守るのは勇者の使命だとか、大魔王だから倒すのは当然だとか、そんな思考停止した物言いで納得できるわけがないよ」

『そ、それは……』

ハナが言い淀んだ。これまでの彼女には、ピートが勇者だから大魔王を倒すべきだという理由しかなく、なぜそうするべきなのかを考えたことがなかったのだろう。

ハナが黙ったところで、ノックの音が聞こえてきた。

「どうぞ」

ベッドに腰掛けたまま、横着《おうちゃく》に返事をする。

入ってきたのはアドリーだった。鎧は外しており、寝間着のような薄手の服を身につけている。

「どうしたの？」

「荷物を預かっていただろう。返しておこうと思ってな」

そう言って、アドリーはザガンの右腕と左腕をピートに渡した。

「それと、これをやろう。修練者をやるつもりなら必須だからな。買えば結構な値のするものだ」

続けて、アドリーはウエストバッグを渡してきた。アドリーが持っている物と同じなら、物がたくさん入るバッグだろう。

「所有者以外は使えないんじゃなかった？」

「これは予備で持っていた新品だ。最初に物を入れた者が所有者になるんだよ」

ピートは早速、ザガンの両腕をバッグに入れてみた。腕はすんなりと中に収まった。バッグの中に手を入れると、なんとなく中に何が入っているのかがわかる。ザガンの右腕を思い浮かべながら念じて手を引き抜くと、思った通りに取り出すことができた。

「それは内容量が一立方メートルサイズになっている。一メートルを超えるもの、バッグの口より大きな物、生きている生き物は入れられない。それと、重さはそのままだから注意してくれ」

「これは便利だね。ありがとう。じゃあ、これが助けたお礼ってことでいいのかな？」

「その……だな。あれから落ち着いて考えてみたのだが……やはり礼は相手の望むものでなくてはと……そういう結論に達したわけなのだが……」

アドリーはおずおずとそう言ってきた。

＊＊＊＊＊

そして、小一時間後。

『……信じられません……勇者が……勇者ともあろうものが……行きずりの関係に身を任せるだなんて……あなたは一体なにを考えてるんですか！』

「勇者ともあろうものがって言われても。勇者でもすることはするだろう？」

事後であり、アドリーは自分の部屋に帰った後だった。ピートは、裸でベッドに寝転んでいる。

行為の間、ハナは枕元に放り出されていた。

『ピートはそんなことしない！』

「した後に言われても」

『してる最中に言えるわけないでしょう！』

ハナは怒り心頭という様子だった。

「あまりうるさいようだと置いていくけど？　君を連れて行く理由はそれほどないんだから」

ハナは記憶をなくす前のピートのことを知っているらしい。なので何か役に立つこともあるかと思って持ってきているわけだが、どうしても必要なわけではなかった。

ピートは記憶がないことをまったく気にしていないし、それで不都合もないからだ。

『うぐっ……』

ピートが本気だとわかったからか、ハナは文句を飲み込んだ。

「そもそも、僕が合意の上で女の子を抱いて何か問題なの？」

『それは……でも、勇者ですし……』

「勇者じゃなければいいの？」

『そ、そうですね……』

「僕には勇者の自覚がないんだけど、それでも？」

『で、ですが、勇者は厳格な血統管理がされていて……』

「だったら大丈夫だ。ちゃんと気をつけているから。知らないところで勇者が増えるなんてことはないよ」

人間の血統を何者かが管理しているというならひどい話だった。勇者が何かをピートは知らないが、その存在自体に闇を感じてしまう。

『……と、とにかく！　せめて私の目の届かない所でしていただけませんか！』

「気にするのがそれだけってことなら配慮《はいりょ》するよ」

しかし、人の営みを気にするとは、マジックアイテムの割には随分と人間らしい反応だった。

「さて。男性機能に問題がないことも確認できたし、僕は寝るとするよ」

『えーと……た、確かに随分と寝ておられたわけですし、何か異常がないかを確認しておくのも必要？　なんでしょうか……』

ハナはどうにかして折り合いをつけようとしていた。

＊＊＊＊＊

翌朝。

激しいノックの音でピートは目覚めた。

「アドリーかな？　入っていいよ」

ピートが大きな声で返事をすると、アドリーが勢いよく部屋に入ってきた。昨夜と同じ寝間着姿なので、朝目覚めてすぐにやってきたようだ。

「レベルが152になっているんだが！」

「レベルは強さの目安なんだよね。それがどうかしたの？」

「152だぞ！　驚かないのか！」

「そう言われても、具体的な基準がわからないし」

レベルの数値が大きいほうが強いことぐらいはわかるが、どの程度の実力があるのかはよくわからなかった。ピートはレベル1だが、修練場内で襲ってきたレベル100の修練者をそれほど脅威には思わなかったし、危なげなく勝っているからだ。

「……ピートを見ていたら、一人だけあたふたとしているのが馬鹿のように思えてきたな……」

ピートがのんびりと答えていると、アドリーは落ち着きを取り戻したようだった。

「それはそうとまた裸なんだな……」

今さらながらアドリーが目を逸らした。ピートは寝間着を持っていないので裸で寝ていたのだ。

「突っ立ってるのもなんだし座りなよ」

「そ、そうか。そうだな」

アドリーはピートの隣に腰かけた。正面から裸体を見続けるのも気まずかったのかもしれない。アドリーからは石けんのいい香りがした。昨夜、部屋を出て行ってから風呂にでも入ったのだろう。

「修練場内でモンスターを倒して、一晩寝たらレベルが上がる……で、いいんだよね？」

「その通りだ。だが、ここまでレベルが上がるほどにモンスターを倒してなどいないんだ！」

「ということは、ザガンを倒したからなのかな？」

ドロップアイテムから考えると、宝箱から出現した何かはザガンという名のはずだった。

「なるほど。オークをまとめて一撃で殺すような奴だ。とてつもない力の持ち主だったのだろう」

強いモンスターを倒せば、より強くなれる仕組みとのことだった。ピートは直接ザガンを倒していないが、モンスターが死んだ際に近くにいればいいだけのことらしい。

「じゃあ僕もレベルが上がってるのかな？」

ピートは、自分の体の変化を確かめるために軽く突きを繰り出した。すると、昨日よりも力が増している実感があった。だが、筋肉量や体型には変化がないようだし、そもそも一日で変化するようなものではないだろう。では、この変化は何に起因《きいん》するものなのか。

己の体を注意深く観察したピートは、自分の体がエネルギーの膜のようなものに包まれていることを感じ取った。

――オーラ。

そんな言葉がピートの脳裏に浮かんだ。どうやら以前の自分はこのようなエネルギーについて知っていたようだ。そう認識すると、アドリーのオーラについてもわかるようになってきた。アドリーはピートよりも強いオーラを纏っているのだ。

つまりレベルが上がるとは、オーラが増強することのようだった。

では、オーラが増えることによって強くなるとはどういうことなのか、ピートはなんとなくその仕組みを把握した。

オーラがダメージを吸収し、体の動きを補助して攻撃の速度や動作の正確性を上げるのだろう。

「ハナ。僕のレベルを教えてよ」

ピートは枕元に置いてあったハナを手にした。

『98ですね』

「なに？　そのペンダントにはそんな能力があるのか!?」

「あるみたいなんだ。そういえば普通はレベルってどうやって調べるの？」

「私はレベルのわかる手鏡を持っているので毎朝それで確認している。そういったアイテムを持っていない場合は、首屋の主人に聞けば教えてもらえるぞ」

それらのアイテムは高額なため誰もが持っているわけではないとのことだった。もっとも、選帝宮に挑むような猛者なら、持っているのが当たり前ではあるらしい、センテが暇そうにしていたぐらいだから、誰もレベルの確認には来ないのだろう。

『だったら高く売れそうだ。とか思ってませんか？　言っておきますが、私がわかるのはピートのステータスだけですからね。どうやら勇者専用の能力のようです』

「なんだ」

『がっかりされても困るんですが……』

「朝から叩き起こして悪かったな。実はレベルのことではなく別の相談をしたかったんだが。ピートは今日どうするんだ？　選帝宮をうろつくようなことを言っていたと思うんだが」

「うん。そうしようかと思ってたけど」

「そうか！　だったら少しばかり同行してほしいんだが、いいだろうか？」

「でも、下山するんじゃなかったの？」

「その下山のために選帝宮にある転移場に行く必要があるんだ。一層の入口近辺にあるはずなんだが、行ったことがないので多少は探索が必要になる。一人では心許《こころもと》ないので、ピートが来てくれれば助かるのだが」

「いいよ」

断る理由は特になかった。どうせ選帝宮には行くつもりだったのだ。

「そうか！　もちろん礼はする」

『ちょっと！　また体でとか言い出すんじゃないでしょうね！』

「そんなつもりはなかったが……ピートがそれでいいのなら……」

アドリーが顔を赤らめる。まんざらでもなさそうだった。

『やぶ蛇だった！』

「僕はそれでいいよ。じゃあ前払いってことでいいよね？」

アドリーが小さく頷いたので、ピートはアドリーを抱き寄せた。

『ちょっと！　一体なにを――』

ピートは手に持っていたハナを部屋の隅に投げ捨てた。

＊＊＊＊＊

事を終えると、アドリーは旅支度《たびじたく》のために部屋に戻った。

『朝っぱらからおかしいでしょう！　何を考えてるんですか⁉』

「アドリーは魅力的だし、お礼なんだから仕方ないだろう？」

ピートは部屋の隅に転がっているハナを拾い上げて首にかけた。

『だいたいなんで私は適当に放り捨てられてるんですか！』

「だって、ハナが見えない所でしろって」

『あんなやこんなが聞こえてるんですよ！　目の届かない所でしてくださいってそういう意味じゃないでしょう⁉』

ピートは服を着て装備を身につけてから食堂に向かった。アドリーが来たので一緒に朝食を取り、すぐに村を出た。選帝宮の一層にあるという転移場に向かうのだ。

『ああ……勇者がこんなことをしていると世間に知られたら一体どうすれば……』

「アドリー。勇者って知ってる？」

「それはただ勇敢《ゆうかん》な者のことを言っているのではないのだよな？　他国には勇者と呼ばれる特別な者たちがいるとは聞いたことがある。だが我が国にはいないな。強いて言うならば皇帝がそうだろう。皇帝こそが我が国最強の存在だからな」

「そういうわけだ。僕が勇者だなんて誰も信じないから、知られたってどうってことないよ」

『うう……ピートが……ピートがどんどんと不良に……』

「着いたね」

そんなことを言いながら歩いていると、地面に空いた四角い穴の前に辿り着いていた。

「場所は詳しくはわかってないんだよね？」

「ああ。だが出入り口の近くにあるのは間違いないはずだ。昨日は見かけなかったから、まだ探索していないほうにあるはずだが」

「じゃあいこうか」

二人そろって階段を下りた。

しばらく下りていくと、石造りの通路に出た。通路は真っ直ぐに延びていて、二ブロック先は薄暗くはっきりとは見えなくなっている。少し進むと丁字路が見えてきた。

「昨日は左から探索しようとしていたので、右側だな」

ピートも昨日ここへやってくるまでの経路は覚えていたので、それでいいはずだった。

出入り口からあまり離れないようにと分岐を進んでいくと、九ブロックの大きさの広場に出た。部屋の真ん中辺りまで進むと、足下にぼんやりと光る円陣があるのがわかった。

「これが転移場だ。各階層の入口近辺に存在している」

「各階層に？」

修練場間を転移するとのことだから、各修練場の一層にだけあるのかとピートは思っていた。

「転移石には大小があると言っただろう。小を使えば各階層に転移できるんだ。転移には転移先の階層で取得した転移石が必要なんだが、これが中々出てこなくてな」

「どこにあるかは決まってないんだ？」

「大転移石は、修練場を踏破《とうは》すれば確実に手に入るんだが。すまないな。こんな基本的なことも教えるのを忘れていた」

「いいよ。基本的なことならそのうち知るだろうし」

「とにかく助かった。こんな所まで付き合ってもらって悪かったな」

「いや。お礼にはまだ早いみたいだよ」

ピートは振り向いて、広場の入口を見た。ぞろぞろと何者かが付いてきていた。

「昨日ぶりですわね」

アドリーの従姉、トルデリーゼがパーティメンバーと共にやってきていた。

「なんの用だ。お前の言うようにおめおめと引き下がるところだ、文句はあるまい。それとも私の惨めな姿でも見物《けんぶつ》に来たのか？」

「見たところ、まだ諦めてはおられないようですので……このあたりで引導を渡しておくのもいいかと思ったのですわ！」

周りに敵がいないか注意を払いながら移動していたが気づけなかった。どこかにじっと潜んで機を窺っていたのだろう。その執念《しゅうねん》は大したものだとピートは思った。

「引導だと？」

「お馬鹿なあなたにはもっと具体的に言わないとわからないのかしら？　死んでくださいとそう言っているのですわ」

「お前が私を嫌っているのは知っている。だが、そこまでの恨みがあるのか？」

「さて？　それをあなたに言ったところでなんの意味があるのかしら？　訳がわからないまま死ん

でいくのがあなたにはお似合いですのよ？」

「すまない……どうやら巻き込んでしまったようだ」

アドリーがピートに謝った。どうやらアドリーは劣勢だと思っているらしい。

「転移で逃げられないの？」

「転移の準備には少しばかり時間がかかるんだ。トルデリーゼはそれを許さないだろう」

「じゃあ、戦うしかないね」

「うふふふふ。戦う？　戦うですって？　あなた方のことは調査済みですわ！　アドリーさんのレベルは49、お仲間も似たレベル帯でそろえておられましたわね？　以前の調査からそれほど日も経っておりませんし、選帝宮でレベルが上がっても50少しのはずですわ！」

「なんだか雑な調査だなぁ……」

ピートは少し呆れていた。念のためにアドリーの現在のレベルを調べようとしていないし、そもそもピートが元々のメンバーでないこともわかっていない。

「対して！　私のパーティメンバーはレベル100前後でそろえております！　彼女らの協力で私のレベルは70に達しておりますわ！　どうです？　どうあがいてもあなたに勝ち目がないことはおわかりになりまして？」

「転移の準備に時間がかかるんでしょ？　アドリーはその準備を先に始めておいてよ。この子たちは僕がどうにかするから」

「大丈夫なのか？」

「レベル100ってことは昨日襲ってきた修練者たちと同じぐらいだね。だったら大丈夫だよ」

「わかった。任せる」

アドリーは広場の中央にある円陣に向かい、ピートはトルデリーゼたちへと歩いていった。

「お嬢様。転移が可能になるのは五分後です。あまりのんびりとはしていられません」

トルデリーゼの仲間がそう忠告した。

「そう。じゃあ、この男をさっさと殺してアドリーさんにとどめを刺してしまわないとね」

トルデリーゼは狂暴な笑みを浮かべ、腰に差していたレイピアを抜いた。

——うーん。みんな女の子かぁ。あんまり殺したくないんだけどなぁ。

だが、優先順位はアドリーを守ることが上になる。状況によっては殺してしまうかもしれないが、それは仕方ない。

ピートは覚悟を決めて床を蹴り、駆け出そうとして驚愕した。

ただの一歩でトルデリーゼの直前まで来てしまったのだ。ピートのレベルは一日で1から98へと上がっている。全身を包むオーラが、加速にも影響しているようだ。

ピートの思考も加速し、時間が遅くなったように感じられる。トルデリーゼはまだ剣を構えようとしている段階だ。このままの勢いでぶつかればトルデリーゼはただでは済まないだろう。

ピートは急制動をかけ、掌《てのひら》をトルデリーゼの胸当てにそっと当てた。鎧越しで感触を味わえないのが残念だが、それはともかくとしてピートはオーラをトルデリーゼに流し込んだ。

自分のオーラとトルデリーゼのオーラを一体化して攪乱《かくらん》する。相手がオーラの操作に長けているならこんな手は取れないが、どうやらトルデリーゼはそれほどオーラを使いこなしてはいないらしい。

「くっ！」

短い悲鳴を上げて、トルデリーゼはその場にくずれ落ちた。

「お嬢様！」

残りの五人が詰め寄ってくる。ピートは彼女らに素早く近づき、トルデリーゼにしたのと同じ要領でオーラを流し込んだ。

彼女らがレベル100前後で、ピートがレベル98。レベルは同程度のはずだが、ピートから見れば、彼女らは明らかに弱かった。やはり、レベルだけで強さは測れないようだ。

トルデリーゼたちは、全員が床に倒れ、身悶えている。加減がわからなかったので強めにオーラを流し込んだのだが、やりすぎだったのかもしれない。

現時点では無力化できているので殺すつもりはなく、しばらく様子を見ているとアドリーがやってきた。転移の準備は終わったようだ。

「これは、何をやったんだ？」

アドリーがそばに来て、呆れたように言った。

「オーラを強く流し込んで攪乱してみた。今朝、オーラが一つになる感覚があっただろ。あれを一気に、強くやってみたら動きを封じられるんじゃないかって」

「そ、そうか……」

アドリーが顔を赤くした。

オーラを認識してからアドリーと一つになると、オーラも一体になっていく感覚があった。それを戦闘にも応用できるのではないかと思いついたのだ。

「でも、しばらくしたら復活するだろうし、アドリーは転移をしたほうがいいんじゃない？」

「殺さないんだな」

「女の子だからね。どうしても殺しておきたいのなら、止めないけど」

アドリーとトルデリーゼの事情はピートにはわからないことだ。できれば女の子を死なせたくないが、アドリーが殺したいのなら仕方ないと思っている。

「いや。殺したいわけじゃない。では彼女らがまた何かしてくる前に行くとしよう」

アドリーは部屋の中央、円陣の上に立った。先ほどまではぼんやりと光っていたが、今の円陣ははっきりと光を放っている。これが転移できる状態になった合図なのだろう。

そして、アドリーはウエストバッグから拳ほどの大きさの石を取り出した。

「パーティが全滅した時はどうなるかと思ったが助かったよ。ここまで本当にありがとう」

「大したことはしてないけどね。どういたしまして」

「私は選帝宮の攻略を諦めたわけではない。また仲間を集めてやってくるつもりだ。すぐにとはいかないかもしれないが」

「うん。また会えるといいよね」

「本当にそう思っているのか？」

上辺だけの言葉とでも思われたのか、アドリーが眉をひそめた。

「思ってるよ。しばらくはこの辺りにいるから会いに来てよ。どこかに行くとしても首屋の人に言《こと》付《づ》けておくから」

「わかった。必ず戻ってくる」

「じゃあね」

ピートは手を振ってアドリーを見送った。

「ああ！　またな！」

円陣から光が立ち上りアドリーの全身を包んでいく。光が収まるとアドリーの姿は消えていた。

「さて。彼女らをほっとけないよね」

モンスターや修練者がうろつく修練場だ。放っておけばすぐに命を失ってしまうことだろう。

しばらく待っていると、トルデリーゼたちは動けるようになってきた。

「くっ！　なんなのです、あなた！」

「まず、誤解を解いておきたいんだけど、僕とアドリーはほとんど通りすがりのようなものだよ。だから僕を攻撃することに意味なんてない。もちろん、やられたからやり返すってのはあるかもしれないけど、そこはちょっと冷静になってほしい」

殺意はないようだし、どちらかといえば戸惑いが大きいようだったが、念のためにピートは言った。

「では、通りすがりのあなたが、なぜあの女を助けるような真似をしたんですの！」

「そりゃ、僕は女の子の味方で、女の子が死ぬのを見たくないからだよ」

ピートがトルデリーゼに微笑みかけると、トルデリーゼは狼狽《うろた》えた。

「そ、そう！　じゃ、じゃあ、あなたは私の味方ということでもあるのですよね！　でしたら、私たちを安全に外まで連れていってくださいまし！」

「うん。任せてよ」

レベルの高い彼女たちなら、ここから出口に行くぐらいは余裕なはずだが、本調子に戻るにはしばらくかかるのかもしれない。

ピートは立てるようになったトルデリーゼたちを連れて、出口へと向かうのだった。

2　勇者と人魚

アドリーを見送り、トルデリーゼたちを連れて村に戻ってきたピートは、グニラの店に向かうことにした。

本格的に選帝宮をうろつくのなら、色々な物が必要になると思ったのだ。

「こんにちは」

「へい、らっしゃい！　あ、ピートさんじゃないですか。どうしたんですか。武器を買うつもりになったんですか」

店に入ると、店主のグニラが元気よく迎えてくれた。

「うん。選帝宮をうろついてみようと思ってさ。必要そうなものを買いにきたんだよ」

「じゃあ武器ですね！　うち、一応武器がメインなんですけど！　あ、それかその喋るペンダントを売るとか？　高く買い取りますよ！」

『な!?』

「そういや、昨日はハナも普通に喋ってたね」

『そうですね……うっかりしていました……』

思い返せば、グニラはハナが喋っていても平然としていた。もしかすると、ハナのような存在は当たり前で、隠す必要はないのかもしれない。

「こーゆーアイテムってよくあるの？」

「よくはないですけど、お金さえ出せば手に入りますね。それは喋りがすごく自然ですし、百万リルで買い取りますよ？」

「うーん。いざって時のために取っておこうかな」

『いやいやいや！　いざとなったら売るってどういうことですか！』

「そりゃどうしようもなくなったら売ることもあるよ。アイテムなんだし」

『記憶を失ってからピートが冷たいです！』

「武器といえば、こんなのを持ってるんだけど、これはいくらぐらいするものかな？」

ピートはウエストバッグからザガンの右腕を取り出した。武器として使えることは実証済みだが、腕そのものなので使い勝手に難がある。こんな奇妙な武器よりも、もっと簡単に使える武器に買い換えたほうがいいのかもしれなかった。

「これはなんかの腕ですかね……先は結構鋭い……うーん。うちでは値段を付けられないですねぇ。評価できないですよ」

「そうかぁ。これを売って普通の武器を買おうかと思ったんだけどね」

「そうですねぇ。あ、これを柄《え》に付けて槍っぽくするのはどうです？」

「そんなことできるの？」

「まかせてくださいよ！　私、こう見えても鍛冶士《ブラックスミス》ですから！」

鍛冶士《ブラックスミス》といえば、鉄製品の鍛造《たんぞう》をする職人のことだろう。柄をくっつけるのも鍛冶士《ブラックスミス》の領分なのかとピートは首をかしげた。

「よくわからないけど、お願いするよ」

鍛冶士《ブラックスミス》のことはともかく、武器が長くなれば使い勝手は増すだろうとピートは考えた。

「では、こちらへどうぞー！」

ピートは、店の奥にある工房へと案内された。ここで武具の作成や修理を行っていて、この店で買った品物を加工するのなら無料で貸し出しているとのことだった。

「槍ってどれぐらいの長さなのかな？」

槍の形状はわかるが、どれぐらいの長さが適切なのかがピートにはわからなかった。

「そうですね。長さに決まりがあるわけじゃないんですけど、修練場内で使うのなら短槍がいいですかね。まあ、短槍って言いましてもどれぐらいを短いとするかは諸説あるんですが、私は身長ぐらいの長さを短槍だと思ってます。普通の槍だとこの倍ぐらいですね。普通の槍も修練場内で使えなくもないんですが、熟練してないと厳しいですね。迷宮型の修練場の幅は五メートルぐらいですし、気をつけてないとすぐぶつかっちゃうんですよ」

「確かに長すぎると扱いが難しそうだね。ところで迷宮型、って言ったけど、他の型もあるの？」

「あれ？　選帝宮まで来てて知らないんですか？」

「うん。他にどんなのがあるの？」

「選帝宮の一層みたいな、石造りの人工的なとこが迷宮型ですね。他にも自然洞窟型とか、森林型とかありますよ」

「なるほど。色々あるんだ。一層が迷宮型って言ったけど二層以降は違うの？」

「選帝宮の一層は私もちょろっと見てみたんですが、二層以降のことはわかんないんですよ。本気で皇帝を目指している人たちは、情報漏らしませんからね」

そのため、下層の情報は実際に選帝宮に入って自分で調べるしかないらしい。

「まあ、とりあえずは一層で使うわけだし短槍にしてみるよ」

「ですね。長いほうがいいってことであれば、付け替えればいいだけですし。ぇーと、お客さんの身長は一七五センチぐらいですかねー。じゃあこの槍用の棒を切っちゃいましょうか。こちら五千リルでございます！」

グニラが工房の隅に立ててあった棒を持ってきた。ピートの身長の倍ほども長さのある代物だ。これが普通の槍のサイズなのだろう。

『ただの棒の割には高くないですか？』

ハナがそう言うも、棒の相場などピートにはわからなかった。

「いやいやいや、槍に使う柄の素材は案外高価なものなんですよ！　これはしなやかさと頑強さを兼ね備えたハクロウの木なんですから！」

「グニラに任せるよ。他にも材料はいるだろうし、支払いは後でまとめてでいいかな」

「それはもう！」

グニラは、工作テーブルの上に棒を載せ、ノコギリで切り始めた。手慣れたもので、あっと言う間に短槍の柄となる部分ができた。

「で、その手？　を釘で留めて、革紐でぐるぐる巻きにしちゃいましょうか」

「それぐらいのことなら僕がやってみてもいいかな？」

なんとなく面白そうだと思ってピートは訊いた。

「そうですねぇ。くっつけるだけですから、別に鍛冶士《ブラックスミス》の仕事ってわけでもないですし。お客さんがやってみてください。おかしければ後で調整はしますから」

　ザガンの右腕を棒に載せて釘を打って留め、接合部分を革紐でぐるぐるに巻いて留める。

　難しいことは何もなく、ピートでも簡単にできる作業だった。

『しかし、妙に不格好な武器ですよね……勇者の武器じゃないです……』

　ハナはあからさまにがっかりしていた。

　見た目は猿の手を先にくくりつけただけの棒にすぎない。短槍というにはあまりに不細工だ。

「これで間合いも取れるし、素人《しろうと》の僕でも多少は戦いやすいんじゃないかな？」

　ピートは出来上がった短槍を軽く振ってみた。バランスは悪くなかった。

「腕はもう一本あるけどどうしようか。予備の短槍も作っておこうかな」

「棒は丁度半分ぐらいにしましたし、余りを捨てるのももったいないですしね」

『ピート！　短槍が！』

　グニラと次の作業について相談していると、ハナが慌てた声を出した。

　どうしたのかとピートは手に持っている短槍を見た。

　短槍の先端、手の部分から黒い獣毛が伸びてきていた。それは、瞬く間に短槍の柄を覆い、ピートの手元までやってくる。

「うわ！」

　ピートは驚き、咄嗟《とっさ》に短槍を放した。

　短槍が床に落ちる。その時にはもう、獣毛は短槍全体を包み込んでいた。

「キモい！」

『なんなんですか、これは⁉』
グニラが叫び、ハナが戸惑いの声を上げる。ピートは短槍を拾い上げた。
『ちょっと！　そんなのを触って大丈夫なんですか！』
「うん、別に襲ってきたりはしないよ」
ハナが心配そうに声をかけてきたので、ピートは安心させるように言った。
ザガンの短槍（右腕）
効果：カースエッジ＋1
真技：支配のコイン（未解放）

短槍に触れたことによって文字が浮かび上がった。見てみると武器の名称が変わっている。

腕と柄が一体化して、革紐や釘は取り込まれてしまっていた。

柄の部分は毛むくじゃらというよりは黒い革のようになっていて、手に吸い付くようだ。

随分様子が変わってしまったと、矯《た》めつ眇《すが》めつ見ていると、先端の指が動いた。

「あ、見て見て、ハナ！　この状態でも動くよ」

『それは……さらに気持ち悪いですね……』

嬉しくなってハナに言ってみたが、評判はよろしくないようだ。

グー、チョキ、パーと動かしてみる。槍先も腕の延長の様に思い通りに動かせるようだった。

「お、お客さん！　鍛冶士《ブラックスミス》だったんですか？　それ、合成ですよね！」

「何それ？」

「鍛冶士《ブラックスミス》のスキルですよ！　どうやって取得するのかはよくわかってないんですけど、鍛冶士《ブラックスミス》がいつの間にか取得してることが多いんです！」

「そうなんだ。でも、僕のジョブは自由人《フリーマン》なんだよ」

自由人《フリーマン》に何ができるのかはよくわかっていない。鍛冶もできるのだろうかとピートは考えた。

「その合成って珍しいの？」

「いえ、鍛冶士《ブラックスミス》の二割ぐらいは持ってたりするんで、無茶苦茶珍しいってことでもないんですが……私が持ってないだけで……」

「そっかー、なんか悪いね」

「……地味にむかつきますね、お客さん……」

グニラが軽く睨んできた。

「合成できるんだったら、この左腕も活用できないかな」

ピートはウエストポーチからザガンの左腕を取り出した。

「私は合成を使えないので仕組みはよくわかってないんですが、さっきの様子からすると結構雑な感じでしたよね？　とりあえず何かとくっつければいいんでしょうか？」

ピートは、ザガンの右腕を釘で棒に留めて紐で巻いただけだった。

こんなことで合成できてしまうのは不思議だが、鍛冶士《ブラックスミス》であるグニラにも何が起こったのかよくわかっていないようだ。

「同じ物を作ってもつまらないよね。この形状を活かすなら、篭手《こて》なんてどうかな？」

「じゃあ、こちらですね！　なんの変哲もない革製の篭手、五千リルでございます！」

グニラが、どこからともなく篭手を取り出してきた。

「じゃあそれで」

「まいどあり！」

『言い値で買ってますけど、もうちょっと考えたほうがいいんじゃ……』

ハナは苦言を呈するが、ピートはグニラがぼったくることはないとなんとなく信じていた。

ピートは革製の篭手を受け取り、工作テーブルに置いた。

合成の仕方はよくわかっていないので適当にやってみるしかない。

ザガンの左腕から丁寧《ていねい》に皮と爪を剥ぎ、それらを膠《にかわ》で篭手に貼り付けた。余った肉と骨は何かに使えるかもしれないのでウエストバッグに入れておく。

できあがったのは、とても不格好な代物だ。これで何事も起こらなければただ奇妙なオブジェを作っただけになってしまう。しばらく待っても、篭手には変化が見られなかった。

「何も起こらないね」

「さっきのは初回発動だったみたいですね。能動的にスキルを使うなら、心の中で使おうと念じればいけるかと思いますが」

「そうなんだ」

ピートは、篭手に触れて合成しようと念じてみた。すると、あっさりと変化が始まった。

貼り付けられた皮から黒い獣毛が伸びていき、篭手を覆い尽くす。鋭い爪は指先と一体化し、怪物じみた姿へと変貌《へんぼう》を遂げたのだ。

ザガンの篭手（左腕）
効果：エナジースティール＋1
真技：生け贄の祭壇（未解放）

触ってみると、そんな文字が浮かび上がった。こちらも右腕と同様に、名前が変わっただけで効果や真技に変化はなかった。

「いや……合成ってなんなんですかね……こんなんじゃない気がするんですけどね……」

信じがたいのか、グニラは呆気に取られていた。

「僕に言われても」

『防具はどうするんですか？　篭手だけでは心許ないような』

ハナが訊いてきた。

「アドリーが着てた鎧みたいなやつ？　鬱陶しそうだからそれはいいや」

それになんの変哲もない革製の篭手の片方の値段が五千リルだ。なんの変哲もない革製全身防具をそろえるだけでもかなりの額になってしまうだろう。

「ピートさんの場合、重装ってイメージじゃないですしね。動きやすさを重視して、あえて軽装にする人もけっこういるんですよ。じゃあ防具はいいとして、他にも雑貨とか攻略本とか扱ってるんですけどどうですかね？」

「攻略本って？」

「文字通り修練場の攻略情報が載ってる本ですね。もちろん選帝宮の攻略本はないんですが、ピートさんは修練場のことあんまり知らないみたいですし、基本的なことが書いてある入門書でも役に立つんじゃないですかね！」

「じゃあその攻略本とか雑貨とかも買うよ」

「はい！　じゃあ売り場のほうへどうぞ！」

ピートたちは売り場へと戻った。

「個別の修練場の攻略は必要ないでしょうから、基本的なものを用意してみました」

アドリーがカウンターに置いた本はこのようなものだった。


『初心者用ガイドブック　初めての修練場』

『モンスター図鑑1』

『アイテムカタログ（基本アイテム編）』

『初級スキル使いこなしガイド』

『魔法入門』

『ディーン流短槍術　初級編』


『入門書ばかりのようですけど……選帝宮って最高難度なんですよね？　つまりここまで来てから入門書を買う人はいなくて、売れずに残ってる在庫を押しつけようとしているだけなのでは……』

ハナが疑うように言う。グニラが気まずそうにしているので図星のようだ。

だが、基本的なことでも、何も知らないピートにとっては重要な情報かもしれない。

「その本は全部買うよ。他にも色々見せてもらっていいかな？」

「どうぞどうぞ！」

店にある大量のアイテムを目にしたピートは、これらのアイテムに真技が付いているのかが気になったのだ。

真技が付いているアイテムを店で手軽に入手できるのなら、真技解放を活用しやすくなる。

ピートは店に置いてある武具を触って確認していった。

真技の付いている武具はいくつかあった。傾向としては高級品に付いている割合が多く、安物にはほとんど付いていない。

潤沢《じゅんたく》な資金があれば真技付きの武器を使い捨てることもできそうだが、現在のピートが武具を大量に購入するのは難しいだろう。

――たまに物色《ぶっしょく》して真技付きの安いのが出てたら買えばいいかな。

店で真技付きアイテムを探すのは諦めようとしたピートだが、箱の中に小さな塊がたくさん入っているのを見つけた。

指先でつまめるほどのサイズで、いびつな三角錐といった形状をしている。乾燥させた植物の実か種のようで、頂点は鋭く尖っていた。

マキビシ
効果：なし

真技：なし

触ってみると名前が浮かび上がったが、特に効果はないらしい。箱に付いている値札には一リルとあった。

「それはヒシの実を乾燥させたやつですね。床にばらまいて使います。靴を履いてる人間にはさほど効果がないんですが、素足のモンスター相手ならそれなりに有効らしいですよ」

ピートがマキビシをじっくりと見ていると、グニラが説明してくれた。

マキビシは箱に無造作に詰め込まれており、かなりの量が入っている。軽く触ってみると、真技付きのものがいくつか見つかった。

安価なものでも、大量に確認すればそこそこ見つかるようだ。

『こんな、その辺りに落ちているゴミのような物に値段を付けているんですか？』

ハナがますます疑わしげな声を出した。

「まあそうなんですけど、形のいい物を選別して、乾燥させてと地味に手間はかかってるんですよ」

「これも、もらっておくよ」

ピートはマキビシを十個ほど選んで手にした。

他にも修練場で役に立つと勧められたアイテムを買い、髪を売って手に入れた金はほとんど使い果たしてしまった。

＊＊＊＊＊

ピートは借りている部屋に戻ってきた。修練場に行く前に準備をしておこうと思ったのだ。

「とりあえず買ってきた本でも見てみようか」

ピートは、ウエストバッグから何冊かの本を取り出した。最初の一冊を見てみる。

『初心者用ガイドブック　初めての修練場』

幸い、文字を忘れてはいないようなので、読むことはできそうだ。


こんにちは！　ようこそ、修練場へ！　修練場はその名の通り修練をするための場所だよ！ここで戦えば戦うほどにずんどこ強くなれるから期待しててね！　戦いに明け暮れるなんて嫌だ！　って人もいるかもしれないけど、そんな人は考え方を変えてみてよ！　この国では修練場で戦ってさえいれば何不自由なく暮らせるんだから！　こんなに楽なことはないんだからね！


妙に馴れ馴れしい文体で書かれた本だった。

読み進めてみたが、書いてあるのはほとんどアドリーやセンテから聞いたことばかりだった。

「でも、基本的な罠の種類とかはわかったね」

『アドリーさんと出会った部屋でうるさくなっていたのはアラームトラップと言うんですね』

ほとんどの宝箱には罠が仕掛けられていて、解除するには盗賊《シーフ》のスキルが必要とガイドブックには書かれていた。

『なんで盗賊《シーフ》なんて名前なんですかね。もうちょっと穏当《おんとう》な名前にできないんでしょうか……』

ジョブは修練場で使われる特殊な用語であり、一般的な意味の職業とは異なるものだ。

要約すれば、ジョブは成長の方向性を定める指針といった意味になるだろう。

修練場でモンスターに勝利すれば修練者は成長し、ジョブに応じた変化が表れるのだ。

盗賊《シーフ》であれば、手先が器用になり、宝箱を開けやすくなるスキルが得られる。

戦士《ファイター》であれば、力強くなり、攻撃に関するスキルを得られるといった具合だ。

ちなみに、スキルも一般的な言葉とは意味が異なり、超常的な特殊能力のことを指している。

「そういや、合成できるようになったけど、僕のステータスは変わってるのかな?」

『見てみますね』

ピート
レベル:98　ジョブ:自由人《フリーマン》
スキル
パッシブ
・拘束抵抗+1
アクティブ
・真技解放【劣】　・合成【魔】+1

このように変化しているとのことだった。増えた情報についても説明が出るとのことなのでそれも教えてもらった。

拘束抵抗
拘束系スキル（麻痺、睡眠、石化、狂化、魅了、停止、凍結、混乱、暗闇、低速）を確率で無効化する。
・基礎無効確率10％　・＋1ごとに無効化率1％上昇

合成【魔】
二つのアイテムを合成し、新たなアイテムを作り出す。
・基礎成功確率50％　・合成に失敗した場合、アイテムは消失する　・＋1ごとに成功確率1％上昇
発動条件
1：任意
合成するアイテムを接触させ、触れた状態で発動可能。
特記事項
・モンスター素材を合成することができる。
・モンスター素材の合成は100％成功する。

「合成って失敗することもあるのか」

『51%の成功確率ってそんなにほいほいやっていいことじゃないですよ……』

「でも、モンスター素材は確実に成功するみたいだよ。面白そうだから何かアイテムをドロップするまでオークを倒してみようかな」

「モンスターの素材って……また短槍みたいな気持ち悪い武器を作るつもりなんですか?」

ハナがうんざりしたような声でぼやいた。どうやら、ザガンの武具を好ましく思ってはいないようだった。

＊＊＊＊＊

アドリーと別れてから一ヶ月。ピートは選帝宮の一層をうろうろとし続けていた。

一層のモンスターを狩り続け、疲れてくれば村に戻って休む。そんな生活を送っていたのだ。

『あの……大魔王を倒せとか、ケルン王国へ行けとかそういうことは今さら言いません。言いませんけど、もっと人のいる街に行って人々のために戦うとかはないんですか!?』

選帝宮の一層にある部屋の中で、ハナは不満を漏らしていた。

「でも、街に行く理由も、誰かのために戦う理由も特にないし」

『オークばっかり何体倒したと思ってるんですか!』

「数えてないよ」

『教えてさしあげましょう。おめでとうございます、今倒したオークで一万体目ですよ！　もう十分でしょう!?』

「一万か。すごい数のように思えるけど、一日三百ちょっと倒してるだけで大したことはないよ」

『一日三百もモンスターを倒すのは十分に異常だと思いますけどね』

「あ、やっとドロップしたよ」

先ほど倒したオークが砂になり、中から眼帯が出現した。

「これでオークが落とすアイテムはコンプリートできたかな。そろそろ下に行ってもいいかも」

ピートは、けたたましい音を鳴らしている宝箱を短槍で切り裂いて止めた。

アラームの解除にわざと失敗してオークを呼び寄せるために使っていたのだ。

『コンプリートですか？』

「うん。モンスター図鑑に載ってるオークは五種類。オークソルジャー、オークメイジ、オークプリースト、オークヒーロー、はぐれオーク。それぞれが、五種類のアイテムをドロップするんだ。はぐれオークは出現率が低いし、アイテムのドロップ率もそれほどでもないしで、大変だったよ」

選帝宮の情報は公《おおやけ》にされていないので出現モンスターはわからない。だが、一層ではオークしか見かけなかったので、おそらくオークしか出ないのだろう。

『よくもまあ、飽きもせずにこんなことを続けられますね』

「なんだろう。僕、こういう単純作業を続けるのが苦にならないタイプみたいだね」

『オークと命がけで戦うのが単純作業なんですか……』

ハナはそう言うが、オーク程度ならピートにとっては楽勝だった。素早さに差がありすぎて、何体同時に出てこようと苦戦する要素がなかったのだ。

『そもそもオークが落とすアイテムなんて必要なんですか？』

「特に必要じゃないけどお金にはなるよ。途中からはちょっと意地になってたところもあるけどね」

ピートは、オークのドロップするアイテムをコンプリートするという目標を立てて地道に頑張っていたが、目標自体にさほどの意味はなかった。

「僕という人間がわかってきたよ。収集癖があって、こだわりが強くて、負けず嫌いってところか」

『それ、かなりめんどくさい人ですよね……ピートはそんな人じゃなかったと思うんですが……いえ、天賦《てんぷ》の才を持ちながらも、目的達成まで諦めない努力の人ではあったと思うのですが……』

「じゃあ今日はそろそろ帰ろうかな」

ピートは部屋から出て、迷いなく歩きだした。この一ヶ月、散々に歩き回ったので、広大な一層の構造をほぼ把握している。何事もなく階段に辿り着き、地上に出ることができた。

辺りはすっかり暗くなっている。見回せば少し先に、微かな灯《あか》りが見えた。

灯りに向かって歩いていくとすぐに村に辿り着いた。灯りは村の中央にある首屋と、周辺にある天幕から漏れていた。

この村にいる修練者は、首屋に宿泊する者と、天幕で生活する者に分かれている。

天幕はとても豪華なもので、それらを使用しているのは現皇帝の孫たちとのことだった。

『機会は公平だなどと言いつつも、ここ何代かは同じ一族が皇帝になっているらしいですよ？』

天幕を目にしたハナが言った。

「そういうものじゃないかな。皇帝は選帝宮をクリアしたんだからノウハウがあるんじゃない？」

選帝宮は一度攻略されると消えてしまい、数年後に新たに出現するとされていた。

出現するたびに内部構造はがらりと変わるとのことだが、変わらない部分もあるのかもしれない。

そんな情報が代々伝えられているのなら、攻略者の子孫はそれだけ有利になるだろう。

「まあ、この国の政《まつりごと》はどうでもいいけどね」

『ええ！　ピートはマダー帝国ではなくて、ケルン王国の政を気にしてください！』

ハナはまだピートに勇者をやらせるつもりのようだが、ピートはハナを無視して首屋に入った。

「あ、ピートさん、お帰りなさい！」

小柄なウェイトレスの少女、エーデルがピートに気づいた。初対面の印象は最悪だったようだが、今ではもうすっかり顔なじみになっている。ピートは首屋の二階に泊まり続けているのだ。

「うん。ただいま」

エーデルはそれなりに忙しそうだった。夕方から夜にかけては客がやってくるのだ。

どうやら、選帝宮を探索している者たちは、暗くなる前には村に戻って休憩しているらしい。夜間はモンスターの活動が活発になるため、昼間に探索するのが修練場のセオリーらしいのだ。

だが、ピートはセオリーなど気にすることなく、延々と戦っていた。食料を持ち込み、選帝宮内に泊まり込んでアイテムを集めていたのだ。

「お腹が空《す》いたから適当に何か持ってきてよ」

「はーい。本当に適当だから、文句言わないでねぇ」

エーデルは返事をしながら厨房に入っていった。

ピートは食堂を見回した。何人かが酒を飲み、食事を取っている。この村に滞在しているパーティは十組程度とのことだった。これは他の修練場に比べれば極端に少ない数らしい。

皇族や貴族は外に天幕を張って拠点としているが、食事はここで取っていた。何もない山頂で食材を入手して調理するよりも、食堂を利用するほうが手っ取り早いのだ。

そのため、ここには様々な身分の者たちが集まっている。階級意識はあまりないようで、皇族と貴族と平民が同じ空間で食事を取っていた。

「やあ。調子はどう？」

ピートは席につき、向かい側に座る少女に話しかけた。

「いつもいつも気安く話しかけないでくださるかしら。ま、調子はほどほどですわね」

トルデリーゼだった。アドリーが帰った後も、彼女はこの村を拠点にして選帝宮に挑んでいるのだ。最初の頃はパーティメンバーと一緒だったが、最近は一人で食事をしているようだ。ピートは彼女を見かけると、同席するようにしていた。

「その、今さらなんですが、誤解されているかもしれないので、あえて言っておきますけれども」

「なに？」

「確かに、私はアドリーさんを嫌っていますし、殺そうとしたのは事実ですわ。ですが、罠にはめるようなことをした覚えはありませんの！」

「ああ、盗賊《シーフ》の娘がトラップ解除にわざと失敗したってやつ？」

「ええ！　私は、そのようなことをさせた覚えはありませんし、そんな娘のことなど知りませんわ！」

「そういえば……なんのことやら？　って言ってたけど、しらばっくれてたんじゃなくて、本当に知らなかったの？」

「その通りですわ！　私はそんなまどろっこしいことはいたしません！　やるなら正々堂々！　真っ正面からですわ！」

　確かに、パーティにスパイを潜ませて自滅させるのと、自らが先頭に立って戦いを挑むのでは手口にかなり違いがある。

「そうか。トルデリーゼが真っ直ぐな気持ちの子でよかったよ」

「信じてくださいますの？」

「疑う理由がないなら信じるよ」

『え？　私のことは信じてくれないのに？』

　ハナが信じられないとばかりに言った。

「基本的には信じてるじゃないか。ただ、ハナが言うようにはしないだけで」

　ピートがケルン王国の勇者で、大魔王に負けたというのは信じてもいい。だが、それと、大魔王を倒すべく努力するのは話が違うというだけのことだ。

「それで、私の調子はいいとして、あなたはどうですの？」

「僕も調子はいいよ。そろそろ下に行こうかと思ってる」

「下って、一人でですの？」

「無理そうかな？」

「いえ……なんとも言えませんわね。すみませんけど」

　選帝宮の情報は公開されておらず、中がどうなっているのかは誰も言おうとしない。最初に最奥に到達した者が全てを得るのだから、攻略情報を他人に漏らさないのは当然のことだった。

「まあソロの方はいつの間にか姿を消してしまうのが相場というものですわ。ですからせいぜい気をつけたほうがよろしくってよ」

「ありがとう。無理をするつもりはないから大丈夫だよ」

「下に行くのはいいとして、行き方はわかりますの？」

「うん。階段を見つけたからね」

「え⁉　いや、聞いておいてなんですけれども、そういったことはこのような場でおっしゃられないほうがよろしいですわ」

トルデリーゼは慌てて周りを確認していた。どうやら彼女のパーティは二層への階段を発見していないようだ。

少しばかり気まずい空気になったところで、新たな客がやってきた。

男が二人に女が一人のパーティだ。

「そうそう。ピートは見たことがなかったかしら。最近やってきた奴らですわ。私の部屋の隣に泊まってますの」

話を逸らすように、トルデリーゼがやってきたパーティについて語った。

白い鎧を着た大柄な男は聖騎士《パラディン》のグラッド。

黒いローブを着てフードで顔を隠している細身の男は暗殺者《アサシン》のドナシアン。

草色のワンピースを着た少女は、ジョブはわからないがソーナという名らしい。

三人はピートたちから少し離れた席に向かった。今から三人で食事をするのだろう。ピートは当たり前にそう思ったのだが、席についたのは男二人だけだった。

ソーナは席には座らず、彼らの足下に跪《ひざまず》いたのだ。その様を見て、ピートが呟いた。

「おっぱい大きいね」

「ピート……あの異様なパーティを見てまず注目するのがそこなんですか……まぁ女の私でも思わず目をやってしまいますけれども……」

ピートがソーナの胸を見つめていると、トルデリーゼが残念なものを見る目になっていた。

ソーナの胸はワンピースを形良く盛り上げている。ボリュームはかなりありそうだ。

「聖騎士《パラディン》ってジョブなんだよね？」

「ええ。上位職ですわ。それだけで彼らが相当な強さだというのがわかります」

修練者になって最初になれるジョブは基本職というカテゴリであり、騎士《ナイト》や盗賊《シーフ》がそれにあたる。

その基本職で修練を積んでからなれるのが、上位職だった。

聖騎士《パラディン》は騎士《ナイト》の、暗殺者《アサシン》は盗賊《シーフ》の上位職にあたるのだ。上位職になるにはかなりの修練を積む必要があり、ほとんどの者は基本職のまま生涯を終えるとのことだった。

ピートが見ていると、グラッドたちのもとに食事が運ばれてきた。

男たち二人だけで食事をするのかとピートが思っていると、グラッドが一切れの肉を床に放り捨てた。ソーナは、その肉を犬のように、手を使わずに食べはじめた。

「確かに異様だね。あれはどういうことなんだろう？」

「彼らは奴隷《どれい》王国からの流れ者ですわ」

トルデリーゼは苦々しい表情でそう言った。

＊＊＊＊＊

かつて奴隷を使役《しえき》することで栄えた国がある。その国は奴隷王国、奴隷王朝などと呼ばれていた。

奴隷を使う国自体はそれなりにはあるが、その国だけがそう呼ばれたのには理由がある。

その国では奴隷が絶対の服従を強いられ、奴隷を労働力とし、あるいは資源として酷使することのみで成り立っていたからだ。

もちろん普通ならそんな国が成立するわけがない。全ての奴隷を機械のごとく、消耗品のごとく利用することなどできるわけがない。

だが、それを可能とする方法がこの世界には存在する。

王権《レガリア》。国家レベルで効果を発揮する魔宝具《アーティファクト》だ。レガリアは王や国という概念からその一部を歪《いびつ》に取り出し強調した戯画《カリカチュア》だとされている。

例えばマダー帝国のレガリア、凶王の修練場においてそれは、武力として示される。

もたらされる効果は『国民皆兵』。全ての国民を、修練場に挑むだけで暮らせるようにし、半ば強制的に国全体の武力を底上げする。

そして、奴隷王国で用いられたレガリア、支配の王錫《おうしゃく》は国家による国民の支配と統制を象徴していた。その能力は『絶対支配』。思考、感情までをも制御し、使用者の意のままとする。

奴隷王国はこの力で栄えた。他国の者を拉致《らち》し、支配し、限界まで酷使することで、この国は肥え太った。

だが、そんな国にもある日突然終焉が訪れる。突如として国家が崩壊したのだ。

原因は不明だ。その有りようが神の怒りを買ったとも、他国との諍《いさか》いの果てとも、あるいは通りすがりの大魔王が気まぐれに滅ぼしたともされている。

滅んだ奴隷王国は近隣の国家に吸収され、かつての国民も支配下に置かれた。

しかし、中にはそれを不服とし、他国に流れ出す者たちもいた。彼らは奴隷の上に君臨する、選民的思想から脱却することができない者たちだ。

悪徳に満ちた王国の再建を掲げる彼らは、各地で忌み嫌われていた。

＊＊＊＊＊

「……と、いうところなんですが、おわかりになられまして？」

ピートは食事をしながら、トルデリーゼの話を聞いていた。

「うん。あの人たちの出自みたいなのはわかったんだけど、忌み嫌われてるっていうのは？」

「マダー帝国はかなり単純な仕組みで社会が動いているのです。修練場に入ってそれなりに強くなれば、それだけで暮らしていける。そんな感じの国ですから奴隷を使うような文化がありません。国民の方々は自分の力を頼みに好きにやっているのです。ですので奴隷には馴染《なじ》みがなく嫌悪感を覚えるのですわ」

「でも、この国だって皇帝がいたり、貴族がいたりで支配構造はあるんでしょ？」

「皇帝は強いから尊敬されているのですわ。弱ければ見向きもされませんし、誰も言うことなんか聞きません。貴族もそうですが、強いからこそ下々《しもじも》は従うのですわ！　こんな国ですから、奴隷と言われましてもよくわかりませんし、気持ちが悪いと感じるのです」

「そんな彼らが選帝宮に来たってことは、皇帝になって奴隷帝国でも作りたいのかな？」

選帝宮はどこの誰であろうと受け入れる。国を滅ぼそうとする破滅論者であろうと、敵対国家のスパイであろうと、記憶をなくした裸の青年であろうと、最奥に辿り着きレガリアに触れることさえできれば、この国の支配者となれるのだ。

「ええ。リスクが極端に高い選帝宮に来る理由はそれぐらいしか考えられません。ただ強くなって、贅沢をしたいというだけなら、それなりの難度の修練場で十分ですから」

「選帝宮のリスクってなんなの？　僕、他の修練場のことを知らないんだよ」

「記憶がないんでしたわね。選帝宮の情報で公になってることがいくつかありますの。まず修練者同士での攻撃が可能ですわ」

「他の修練場って攻撃できないの？」

「はい。基本的にダメージを与えることができませんわ。抜け道はいくつかありますが、修練場での行動はレガリアが記録していますからね。後から精査されて問題があるとされれば、修練場に出入り禁止になります。そうなってしまったらこの国では生きていけませんわね」

「出会ったら殺し合う殺伐としたところかと思ってたけど、そうでもなかったんだ」

「基本的には修練の場ですからね。あまり易しいのもどうかと思いますが、かといって国民同士で殺し合い続けることに意味はありません。それと、他の修練場ですとモンスターに殺されても死体が残りますし、蘇生も可能ですわ」

「本当に修練のためって感じなんだね」

「ええ。ですから選帝宮に来るのは本気で皇帝を目指す方だけですわ。ピートも無駄にリスクを負うよりは、他に行ったほうがいいかもしれませんわよ？」

「うーん。でもわざわざ他に行くのもめんどくさいし」

リスクがあると言われても今さらだった。

「ま、彼らがどこまで本気かは知りませんが、あまりにも場を乱せばそのうち排除されてしまうかもしれませんわね」

「そうか。攻撃できるのは、国民の意に沿わない皇帝が生まれる可能性を低くする意味もあるのかな」

「ええ。選帝宮に挑む者は全てライバルではありますが、あまりにも受け入れがたい方に対しては一致団結することもなきにしも非《あら》ず、というところですわね」

ピートはそこまでの話を聞いて立ち上がった。

「どうされました？」

「ちょっと、挨拶してこようかと思って」

「なんで今の話を聞いてそう思うんですのよ……」

トルデリーゼはぼやいたが止めようとはしなかった。そこまでする義理もないのだろう。

『どんな些細なことでも、ピートはこうと決めたらもう人の話なんて聞きませんよ……』

ハナが小さな声でぼやいた。

ピートは奴隷王国の者たちに近づき、リーダーらしき男、聖騎士《パラディン》のグラッドに話しかけた。

「やあ、こんにちは」

「……なんだお前？　ほう？　レベル150近辺ってところか？」

グラッドはそばに立つピートを訝しげに見上げた。そして少し感心したようになる。正確には148だが、ほぼ正解と言えるだろう。

おそらくグラッドはオーラを感じ取れ、それを具体的なレベルに換算できるのだ。

「雑魚じゃねーってのは認めてやるよ。短槍使いか。流派はなんだ？」

グラッドがピートの持つ短槍を見て言う。室内なので穂先は鞘でカバーしてあった。そのため、穂先が指になっている奇妙な短槍だとはわからないはずだ。

「我流かな。あ、本を読んで少し練習したよ。だからディーン流かな」

「……前言撤回だ。てめぇはやっぱり雑魚だよ。ディーン流なんざくその役にもたつかよ」

ディーン流の名を出した途端、グラッドの態度は一変した。

「え？　そんなに駄目なのかな？　流派なんてどれでも変わんないんじゃないの？」

そう言われても、他流派を知らないピートには流派の善し悪しなどよくわからなかった。

「大抵の場合はな。けど、ディーン流は違う。ありゃ、痴《し》れ者の槍だ。てめぇ、そんなんでよくそこまでレベル上げやがったな。で、なんの用だ？」

「用ってほどでも。ちょっと挨拶に来ただけで」

「そうか。なら済んだな。さっさと行きやがれ」

取り付く島もない様子だった。それ以上話す気もないようなので、ピートは元の席に戻った。

「もうちょっと話そうと思ったけど、ディーン流って言ったら馬鹿にされて追い返されたよ」

「あなた、ディーン流だったのですか……よくそれで選帝宮に入る気になりましたわね……」

呆れたように言うトルデリーゼも、グラッドと似たような反応だった。

「何が駄目なんだろう？」

「まず創始者の評判が最悪ですわ。かなり性格が悪かったとのことで悪評ばかりが残っています。私も専門外ですし短槍術は知りませんが、それでもディーン流の名前だけは知ってるぐらいです」

「でも、創始者の評判が悪くても技は関係ないよね？」

性格が悪いほうが、相手の心理の裏をつく技を思いつくかもしれない。武術家の人間性を問題にしても意味がないだろうとピートは思った。

「その技が問題なのです。ピートはどこまで習得したのですか？」

「初級編だけだよ。本で読んだんだ」

「おかしいと思われませんでした？」

「うーん、武術の本なんて初めて読んだからなぁ」

「基本の突きってわかるかしら？」

「なかったね。そういや」

そう言われてピートにもなんとなくわかってきた。

「普通の剣術や槍術なら、基本の技を徹底的に練習いたします。基本は真っ直ぐ振り下ろすとか、真っ直ぐ突くとかそのようなものですよね？　ですがディーン流にはそれがないのです。いきなり応用からなのですわ。ですから初心者がやろうとしてもすぐにつまづいてしまいます。そういうわけで実戦ではまるで役に立たない……と、こういうわけなのですわ。私も技の内容まで詳しくは知りませんけども。基本が重要という話の時に悪い意味でディーン流を引き合いに出されるのです」

「そう言われるとなぁ。僕もディーン流を実戦で使ったことはまだないんだよ」

本を眺めて、少しばかり型を練習してみただけだった。

「じゃあ、どうやって戦っているのですか？　その、かなりお強いですわよね？」

「適当に振ったり、突いたりしてるだけだね。それで勝てるよ」

「それは天才なのでは……」

そう言われても、オークが弱すぎるだけだとピートは思っている。武術の修行をした記憶がないので、本格的に武術を修めた者には敵わないのではと考えていた。

そんな話をしていると、グラッドのパーティは二階に上がっていった。

すると、トルデリーゼは苦虫を噛みつぶしたような顔になった。

「どうしたの？」

「彼らが私の隣の部屋だという話はしましたわよね？」

「そうだね」

「そ、その、彼らは、いつもいつも、部屋で破廉恥なことをしでかしているのですわ！　あられもない声を響かせて！　大騒ぎして！　少しは周りをはばかりなさいと言いたいですわ！」

トルデリーゼが真っ赤な顔になっていた。彼女がグラッドにいい顔をしていなかったのは、奴隷王国とあまり関係がないのかもしれなかった。

「ごちそうさま。じゃあ僕は行くよ」

「え、ええ。貴族の私にあまり気安いのはどうかと思いますが、あなたも一人でさみしそうですし、私が一人の時でしたら、食事をご一緒してもよろしくてよ」

食事を終えて、ピートは二階へと上がった。ピートの部屋は奥のほうにある一番安いタイプの狭い部屋だ。階段の近くは高級な部屋になっている。以前はアドリーが泊まっていた場所だ。そこから女の喘ぎ声が漏れていた。

それは艶《あで》やかな声ではあるが、どこか苦鳴《くめい》じみているようにピートには感じられた。

『その……案外壁が薄いんでしょうか……ということは、ピートがあんなやこんなをしていた時の声も外に聞こえていたのでは……』

「人の営みにとやかくは言えないけど、あまり気持ちよさそうな声には思えないな」

ピートは少しばかり不愉快な気分になった。

＊＊＊＊＊

一晩寝て、ピートのレベルは149になっていた。

オークを延々と倒し続けていたが、高レベルになったゆえか、最近ではほとんどレベルが上がらなくなっている。さらにレベルを上げたいのなら、より強力なモンスターを倒さねばならないのだろう。

つまり、そろそろ次の層へ向かう頃合いなのかもしれなかった。

『今日からはようやく二層に向かうんですよね』

出かける準備をしていると、ベッドに放り出していたハナが確認してきた。

「うん。みんなが秘密にしてるわけだからね。ちょっとだけ興味が湧いてきた」

準備を終えたピートは、朝食を取り、食料や雑貨を補充し、村を出た。

村から少し離れた岩場へと行き、そこにある階段を下りる。

長い階段を下りればそこが選帝宮の一層だ。ピートは記憶を頼りに、下層への階段に向かった。

選帝宮内で他の修練者に出会うことはほとんどない。出会えば殺し合いになる可能性が高いので、お互いに遭遇を避けているのだ。

そのような事情から、道中は実に寂しいものだった。通路を巡回するワンダリングモンスターもいるのだが、それほど数はいないのか滅多に出会うことがない。

『あの。今さらですけど、なんだか変じゃありませんか？　山頂の辺りってそれほどの広さはなかったように思うんです。これだけ歩けば山の外に出てしまう気がするのですが』

「センテは、選帝宮生成時にどこかの異空間とコンフリクトしたって言ってたし、ここも異空間ってことなんじゃないかな。だから入口が山頂にあるだけで、ここは山の中ってわけじゃないとか」

『異空間とか言われてもよくわかりませんが、記憶がないのにそんなことはわかるんですね』

「僕は思いつきを適当に言ってるだけだよ。別に、ここがなんだろうとどうでもいいわけだし」

しばらく歩き、ピートは行き止まりに辿り着いた。道を間違えたわけではない。ここが目的地だったのだ。

「元に戻ってるね。誰かが修理したのかな」

『壊れっぱなしだと誰でも先に進めちゃいますしね』

ピートは左手に装備しているザガンの篭手で拳を作り、目の前の壁を殴りつけた。壁は崩れ落ち、その先にある階段が現れた。

『まさかこんなことになるとは思いませんでした。これって正規のルートなんでしょうか？』

ピートは脳内に地図を描いていて、この先に空間がありそうだと気づいたのだ。そして、真技解放【劣】を最初に試した時に、短剣から飛び出した光弾が壁に大穴を空けたことを思い出した。

つまり、この迷宮の壁は壊せるのだ。

「どこでも壊れるわけじゃないから、想定の範囲内なんじゃないかな」

壊せる壁と、壊せない壁があるのだ。このことに気づかない限り、どれだけ彷徨《さまよ》おうが決して下層には辿り着けないのだろう。

ピートは瓦礫を乗り越えて、階段を下り、二層に辿り着いた。

二層は、一層とは多少様子が異なっていた。同じなのは石造りの迷宮になっていて、二ブロック先までしか様子がわからないこと。

違うのは、床が濡れていて、やけに湿度が高く、青白い光に満たされていることだ。

「ちょっと動きにくいかな」

床は滑りやすそうなので気をつけて歩く必要があるだろうし、水が跳ねるため足音を消すのが難しそうだった。

「なんかめんどくさい階層だ。一層でオークを倒してようかな」

『でしたら、下山してケルン王国を目指しましょうよ……』

ハナはまだピートに勇者らしさを求めているようだった。

「とにかくそこら辺の部屋に入ってどんなモンスターがいるのかぐらいは見てみようかな」

出てくるのがオークならわざわざここで戦う必要はないだろう。ピートは適当に歩いて、扉を見つけた。扉の中は部屋になっていて、高確率でモンスターが潜んでいるのだ。

扉を開いて中に入ると、人間サイズの蜥蜴《とかげ》が直立していた。

ピートはモンスター図鑑の記載を思い出した。リザードマンだ。

リザードマンは三匹いて、それぞれがシミターと呼ばれる曲剣と盾を持っている。オークのように床に座り込んでいるわけではなかったので、ピートを見てすぐに臨戦態勢になっていた。

「さっそく倒してみよう」

ピートは無造作に踏み込み、同時に短槍を突き込んだ。穂先はあっさりと、リザードマンの頭部を貫いた。短槍を引き戻し、突く。戻し、さらに突く。瞬く間に三連突きを放つと、三体のリザードマンは盾を動かすことすらできずに倒れていった。

「オークとあんまり違いがわからないな」

『その強さを！　大魔王退治に役立ててくださいよ！』

「どんな悪いことをしてるのかわからない人？　を倒せって言われてもさ」

修練場にいるモンスターは修練者を見かければ問答無用で襲いかかってくる。倒す理由はあるし遠慮する必要も無かった。

倒れたリザードマンたちが砂に変わっていき、一本のシミターが出てきた。

「ドロップしたのは一個だけだね。真技はなしだから後で売ろう」

ピートはシミターを拾い上げ、ウエストバッグに入れた。なんとか収納できるサイズだった。

『もしかして。ここでもアイテム集めをするつもりなんですか⁉』

「他にすることもないし」

『でしたらケルン王国に向かいましょうよ！』

「ここにこだわってるわけでもないから、飽きたら行くこともあるかもね」

『本当ですか⁉』

だが、しばらくは二層を楽しめそうなので、行くとしてもかなり先の話になるだろう。

「飽きるかどうかはしらないけど」

ぼそりと言いながらピートは部屋を出て、別の部屋に入った。

魚がいた。巨大なマグロが、ふわりと浮かんでいる。ピートは部屋を見回した。何か仕掛けがあるのかと思ったが、マグロは何もない空間に自力で浮いているようだった。

「魚ってこういうものだっけ？」

ピートは首を傾げた。

目の前にいるのがマグロであることはわかる。だが、記憶がないのでマグロは空を浮かないと断言できなかったのだ。

『覚えてないとかじゃなくて、普通は浮きません！』

戸惑っていると、マグロがまっすぐに突っ込んできた。

ピートは、躱しざまに短槍を突き入れた。通り過ぎたマグロが急旋回して、再びピートへと突撃を開始する。ピートはマグロを躱して、さらにマグロの胴体に穴を空けた。

だが、それでもマグロは生きていた。

「うーん、魚の弱点はよくわからないな。やっぱり頭かな」

だが、その頭から突っ込んでくるぐらいだから、頭部の耐久性には自信がありそうだ。

マグロがさらなる突進を敢行する。ピートはギリギリで避け、鰓《えら》に穂先を突き込んだ。

「効いたね」

鰓を突かれたマグロは勢いをなくし、ふらふらと壁に激突。そして床に落ちた。

死ねば浮いてはいられないらしい。マグロは砂になって散り、後には赤い塊が残った。

長方形のそれは、どうやらマグロの肉のようだ。加工されているので、サクと呼ばれる状態だろう。

「食べられるのかな?」

『やめてくださいよ、汚らしい!』

「洗ったら大丈夫なんじゃないかな」

自分で食べなくとも、売れば金になるかもしれない。

ピートはマグロのサクをウエストバッグにしまいこんだ。

＊＊＊＊＊

次の部屋の中にいたのは海月《くらげ》だった。海でぷかぷかと浮いている、傘状で透明な生物であるあの海月だ。一抱えほどもあるそれが、優雅に浮いていた。

「海月って――」

『こういうものじゃなくて、こんなのはいませんから!』

ハナが食い気味に答えた。

「これはどう倒せばいいんだろ」

海月の弱点などわからないが、ピートはとりあえず短槍を振った。

海月はあっけなく真っ二つになり、床に落ちた。こんなほとんど水分でできていそうなモンスターでも砂になって散るのがピートには奇妙に思えた。

その後もピートは適当に歩いて次々に部屋に入っていった。

宙に浮かぶ蛸《たこ》やウツボ、なまこなどが襲いかかってきたので迎撃していく。どうやらこの階層には水棲生物のようなモンスターが多く棲息しているようだった。

『さっきから肉ばかりドロップしますね』

「こいつら武装してないからなぁ」

武装しているモンスターは装備していた武具をドロップするが、野生生物に酷似したモンスターは主に肉などをドロップしていた。たまに吸盤や鱗や牙などもドロップするが、それらはそのままでは使えない素材アイテムのようだ。

「長期滞在にはいいんじゃないかな」

『食べるんですか!?』

「食べろと言わんばかりのアイテムだけど」

綺麗に下処理された食材が出てくるのだ。意図は明白だろうとピートは思っていた。

「今は困ってないからいきなり食べたりはしないよ。一度、グニラに売りつけてみよう」

『グニラさんも生臭い白身やらを押しつけられても困るでしょうに……』

高値がつくのなら売ってしまえばいいし、何かしらの情報は得られるかもしれなかった。

「じゃあ今回は様子見ってことで一度帰ろうか」

ピートは部屋を出て、やってきたほうへと歩いた。それほど移動していないので、すぐに階段に辿り着けるはずだ。そうピートは思っていたのだが、すぐに周囲の様子がおかしいことに気づいた。来た時にはなかった部屋があり、分岐がある。道は完璧に覚えていてやってきた道筋を逆に歩いているのに、知らない場所にいるのだ。

「困ったな。道に迷った」

二層は、一層ほど単純な構造ではないようだった。

『え？　どうするんですか！』

「適当に歩いてみるよ。幸い、食料には余裕があるし」

迷いに迷うことを覚悟して歩き出したが、ピートはあっさりと一層につながる階段まで戻ることができた。

特に何をしたわけでもなく、適当に歩いていたらいつの間にか階段の前に辿り着いていたのだ。

「もう一度行ってみようか」

『せっかく戻れたのにですか？』

「ここで帰ったって何もわからないままだし、次に来た時も同じことになるよ」

ピートは最初に進んだ道を、慎重に辿っていった。特に何事もなく、最後に立ち寄った部屋までは行くことができた。そしてそこから、今来た道を戻っていくと、やはり通路の様子が違っていた。

そして、前回の帰路と同じ順路を辿ると、階段まで戻ることができた。行きと帰りで通路の様子は変わってしまうが、再現性はあるようだ。

「次は目印を付けながら行こう」

短槍で壁を斬りつけると跡が付くので、これなら通ってきた場所が一目瞭然《いちもくりょうぜん》のはずだ。

一ブロックごとに目印を付けながら歩いて行く。すると、十字路に来たところで目印に変化があった。後ろにあったはずの目印が、右側に移動しているのだ。

「なるほど。回転床ってやつかな」

『え？　今、回転しましたか？』

「実際に床が回転するわけじゃないけど、向きが強制的に変わる罠があるらしいんだよ。でも、これは、よほど気をつけていないと回転床だってわかんないね」

向きが変わった瞬間がわからないのだ。これでは、真っ直ぐに進んでいるつもりでもあらぬ方向へ行ってしまうことになる。

『でも、こうやって目印をつけていれば大丈夫ですよね！』

「今、この瞬間までこの方法で攻略できると思ってたよ」

壁に付いた傷は、いつの間にか消えていた。どうやら、時間とともに修復されるようだった。

『じゃあ、何かアイテムを置いていけばいいのでは！』

「床に落としたアイテムはしばらくすると、修練場が回収するんだよ」

モンスターを倒して出てきたドロップアイテムを拾わずに放置していると、そのうちになくなってしまうことはピートも確認していた。

「すぐ消えてしまうっていっても、二、三ブロック移動する間は大丈夫だから、地道に繰り返せばどうにかなるのかな」

ピートは、壁に目印を付けて確認しながらゆっくり進んで行った。

目印の位置を確認していれば、向きが変わったことはすぐにわかるし、進行方向を変えればいい。

これでどうにかなりそうだと思ったところで、そう簡単には事が進まないことをピートは思い知らされた。目の前の空間が真っ暗になっていたのだ。

「ダークゾーンってやつか」

ガイドブックで紹介されていたので存在は知っていた。その空間そのものに害はないが、そこに入れば何も見えなくなるらしい。

闇に踏み込んでみると、確かに何も見えなかった。しばらく進んで行くと闇を抜けて普通の通路に戻ることができたが、真っ直ぐに進めたかは怪しいものだった。ここに回転床が設置されていたなら、回転を知る術がないのだ。

「これは……どうしようもないなぁ」

幸い、適当に進んでいると階段の前に戻ることはわかった。回転床は、自然と入口方面に戻るように設置されているらしい。

「まあ、これはこれでいいか」

『いいんですか⁉』

「適当に歩いてたら階段に戻されちゃうんだ。だったらこの辺りでモンスターを狩ってればいいんじゃないかな」

なんとなく下へ行ってみようとは思っているが、取り立てて急いでいるわけではない。

　ピートは、そのうちどうにかなるだろうと楽観的に考えていた。

『これも何か気づきがあればクリアできるようなものかもしれませんね』

「回転方向が固定されてるなら、地図を描いていけばなんとかなるかな。あ、ハナには現在地の座標がわかる機能があるんじゃなかった？」

『わかりますけど、キロ単位ですので……』

「だったら駄目か。とりあえずは適当にモンスターを狩ってアイテムを集めよう」

　ピートは、手近なところにある扉を開いて中に入った。

　中にいたのは鮫《さめ》人間だ。初めて見るモンスターなので、未調査の部屋だろう。

　頭が鮫、体は人間のモンスターは手に三叉槍を持っていた。衣服は身につけておらず、股間にはぶらぶらとゆれるものが付いているので雄のようだ。

「人型が一匹か。じゃあ、ディーン流を試してみようかな」

　短槍を両手で持ち、先端を敵に向けて水平に構える。

　そして、両手を同時に放した。当然短槍は下へと落ち、ピートは床すれすれで短槍を蹴飛ばした。

　短槍はまっすぐ飛んでいき、鮫人間の胸を貫いた。

『え？　今、何をしたんですか？』

「これがディーン流で最初に習う一の型だよ。短槍を水平に保ったまま落とすのがポイントだって」

『最初の技がこれですか!?』

「うん。やっぱり基本の突きとかは載ってなかったんだ」

『いきなり短槍を捨ててるじゃないですか！　躱されたり止められたら終わりですよね!?』

「一の型の派生で、蹴った短槍に続いて突っ込んで上段蹴りを放つ、一の型紅《くれない》ってのもあるよ」

『……短槍術ってなんなんでしょう……』

「お、ドロップしたよ」

ピートは砂になった鮫人間に近づき、ザガンの短槍とドロップした三叉槍を拾い上げた。三叉槍の名称はトライデント。真技は付いていなかった。

売ればいくらかにはなりそうだが、幅の広い三叉の刃はウエストバッグに入れることができない。

ピートはトライデントを部屋の奥へと投げ捨て、出口へ向かおうとした。

「ぎゃああ！」

部屋の隅から叫び声が聞こえてきて、ピートは立ち止まった。

声がしたほうを見てみれば、隅の暗がりに宝箱があった。

最近のピートは宝箱を見つけても無視している。宝箱には大抵の場合罠が仕掛けられているが、解除する術がないからだ。

だが、人の声が聞こえてくるとなると、さすがに興味が湧いてきた。

宝箱にはトライデントが突き刺さっていて、ガタガタと揺れている。

ピートが近づくと、宝箱は横に倒れた。鍵はかかってなかったのか、倒れた衝撃で蓋が開く。

そして、中から少女の上半身が飛び出した。

『何がどうなってるんですか⁉』

「おっぱいが大きい」

少女の胸には申し程度の布が巻き付けられていて、そこから乳房《ちぶさ》が零れ落ちそうになっていた。

『この状況で気にするのがそれですか!?』

ピートは宝箱から飛び出ている少女に近づいた。どういうことかはさっぱりわからないが、修練場に一人で取り残されているのなら助けようと思ったのだ。

「どうしたの？　大丈夫？」

ピートは少し離れた所から声をかけた。

「……ミミックに……襲われて……」

ミミックは、宝箱などに擬態するモンスターだ。ピートはまだ見たことがなかったが、モンスター図鑑を読んで知っていた。

『えぇっ!?』

とても不思議な状況だった。

まず宝箱の大きさだ。人の全身が入る余裕はなさそうなのに、先ほどまでは中に少女が収まっていた。下半身を食べられて小さくなっているのかもしれないが、それにしては少女はとても元気そうだ。

宝箱の縁には歯らしいものがびっしりと生えているが、それは柔らかい素材でできているようで少女の肌を傷つけてはいなかった。

つまり、この宝箱がミミックとは思えないのだ。

「大丈夫だったの？」

「うん！　なんとか大丈夫なんだけど、もうちょっと近づいてきて引っ張り出してもらえると助かるかなー」

「いいよ」

ピートがさらに近づくと、少女はにやりと笑った。

「ふふふっ……死ねぇえ！」

少女が突然叫びを上げ、宝箱の中に隠していたナイフを突き出したのだ。

ピートは飛び下がり、不意打ちをあっさり躱した。

正体不明の相手だ。か弱そうに見える少女だからといって、ピートは油断していなかった。襲ってくる可能性を考慮していたのだ。

「あ……」

ナイフの攻撃が不発に終わり、少女は気まずそうな顔になっていた。

「修練者にしてはモンスターがいるのに宝箱に隠れてたってのは不可解だな。まあなんにしろ襲ってくるなら倒すしかないか。もったいないけど」

ピートは短槍を構えた。ナイフでの不意打ちのみが攻撃手段なら難なく勝てることだろう。

『あの。修練者が相手なら交渉でどうにかなりませんか？』

「それもそうか。交渉する？」

「いや、その……私、モンスターなんで修練者と交渉とかはできないんだけど……」

「モンスター？　君が？」

ピートはいぶかしく思ったが、人間にそっくりで喋るモンスターがいないとも言い切れない。

「しめた！　隙ありぃ！」

どうしたものかと考えていると、少女はナイフを捨て、体を伸ばして両手を床についた。

　一気に逆立ちになり、力を溜めて飛び上がる。勢いよく宙に舞った少女は、回転しながら宝箱を叩き付けてきた。宝箱は重量がありそうなのでまともにくらえばただではすまないだろう。

だが、それは悪手だった。空中機動ができないのなら、闇雲に跳ぶべきではないのだ。

　ピートは少し下がった。それだけで、少女の攻撃に意味はなくなる。

　宝箱が床に叩きつけられたところで、ピートは少女へ短槍を繰り出した。

「ごばあああ！」

　短槍を腹に食らった少女が大げさに苦悶の声を上げた。ピートが使う短槍の穂先は手になっていて操作ができる。普段は指先を揃えて突き刺しているが、今は拳を作ってそれを突き込んだのだ。

「いちいち叫んでから攻撃するのはどうかと思うよ」

「ぬぐぐ……そ、それはそうかも……」

『なんでとどめを刺さないんですか？　今ので殺せましたよね？』

「女の子だからかな？」

　あえてそうしようと思ったわけではなく、ほとんど無意識に手加減していた。

『女の子って……モンスターですよ？』

「まあそうだよね」

　修練場内にいるモンスターは、修練のためにレガリアが作りだしたという。

　ならば見た目が少女だろうと、会話ができようと、倒して己の糧にするべきかもしれなかった。

「ちょ……ちょっと待って！　命ばかりはお助けを！」

　やはりとどめを刺そうかとピートが思ったところで、少女が命乞いをしてきた。

「助けると何かメリットあるの？」

「え……えーと……あの、さっきからずっとおっぱい見てるよね！」

「うん、立派だよね」

「助けてくれたら触り放題ってのはどうかな⁉」

「うーん……おっぱいだけ？」

「どこ触ってもらってもいいよ！」

「宝箱の中の下半身ってどうなってるの？」

「あー……その……男の子の欲望に応えられるような感じじゃないんだけど……基本、使えるのは上半身だけと思ってもらえれば……」

「上半身だけでも、触り放題ならそれでいいよ」

「ほんと！　じゃあ好きに触っていいよ！」

「じゃあそれで」

『え……何がどうなって、そうなるんですか⁉』

「どうって、彼女は殺されたくなくて、僕はおっぱいを触りたいから殺さないことになったんだよ」

『信じられない！　勇者がどうこうじゃなくて、人としてありえないです！　脅して女の子に言うことを聞かせようだなんて最低です！』

呆気に取られていたハナだが、しばらくしてから勢いよくまくし立てはじめた。

「そう言われてもお互い納得済みの話だし。それにモンスターだよ？」

『だいたい、モンスターを倒さなくていいんですか⁉』

「そもそも倒す必要があるの？」

『え？　モンスターは人間を襲う敵対生物ですし、見つけ次第退治するものでしょう！』

「そうは言うけどさ。ここにいるモンスターは修練のためだけに存在してるらしいし、外に出て人を襲ったりしないんじゃないの？」

「そうそう。私ら外の人を襲ったりしないから」

モンスターの少女が頷いている。

「ところで、なんか喋ってるそれはなんなの？」

「これはハナだよ。説明が難しいから喋るペンダントぐらいに思ってたらいい。僕はピート」

「ピートにハナね。私は、ナツミ。種族はハーミットマーメイド」

「マーメイドって、人魚だよね？」

「そうだよ」

ナツミが宝箱から飛び出して、床に落ちた。

確かに下半身は魚で、全身を見てみれば人魚としか言いようがなかった。

「なるほど。だから下半身は使えないって言ったのか」

「子作りなら排卵するから、ぶっかけてもらうことになるけど。多分つまんないでしょ？」

「大丈夫だよ。上半身だけでもできることは色々とあるし」

『そもそも、モンスターと人間で子供ができるんですか？』

「あー。その辺りはちょっとわかんないなー。私らは修練場が作りだしてるから、生き物なのかどうかもわかんない」

「ナツミは宙に浮いたりできないの？」

ピートは、巨大なマグロや海月が部屋の中で浮いていたのを思い出した。

「浮いてる魚のやつら正直おかしいと思ってる」

人魚のナツミに地上での機動力はまるでなさそうだった。

「ハーミットマーメイドってのはただのマーメイドじゃないの？」

「うん。ヤドカリの人魚版って思ってもらったらいいかな。殻《から》をかぶって防御するの。今はこの宝箱を使ってる」

「じゃあ宝箱に限らないんだ」

「大きな貝とかあればそれに入るんだけど。そうそう落ちてないし」

容れ物の大きさに関わらず、中に潜むことができるのが、ハーミットマーメイドの能力ということだった。

「なんでこんなとこにいたの？」

「それがさぁ！　ミミックが足りないからって無理矢理ここに配置されたんだよ！　宝箱に入れるからちょうどいい……っておかしくない!?」

選帝宮を管理している者は、モンスター、罠、宝箱の配置を決め、それらを手配するらしい。

だが、必ずしも思い通りに手配できるわけではないようだ。

モンスターの発生はランダム要素が大きいらしく、ミミックが欲しいと思ったところで必ず用意できるわけではないのだ。

モンスターが足りないのなら計画を変更すればよさそうなものだが、管理者は融通が利かない性格をしているのか、どうしても最初に決めた場所に宝箱型モンスターを置きたかったらしい。

「その宝箱の牙見てよ！　海綿《かいめん》で作ったのを貼り付けてんの！　雑すぎない!?　これでミミックのふりしろとかさぁ！」

「でもそんなんじゃ、すぐにやられちゃうんじゃないの？　よく生き延びてたね」

先ほどのようにミミックに食べられかけている哀れな少女を演じるにしてもやはり無理があるだろう。ピートだから見逃しているが、普通の修練者ならあっさりと始末するはずだ。

「それがね。鮫の人は結構強くてさ。これまでは修練者を返り討ちにしてたんだよ。だからこのまま任期切れまで生き延びられるかなぁって思ってたんだけど、やられちゃったからさ。一応ミミック役なわけだから、近づいてきたら襲ってやろうと息を潜めて待ち構えてたんだけど」

だが、トライデントが宝箱に突き刺さり、思わず叫び声を上げてしまって待ち伏せ作戦は瓦解《がかい》したとのことだった。

「で、もう怪しまれてるだろうし、素直に近づいてきてくれないだろうから、ミミックに食べられかけてる美少女を演じることにしたんだよ」

『それ、かなり無理がありますよね……』

「まあ、一応はモンスターですし？　修練者がやってきたならどうにか倒してやろうとは思うしさぁ」

「じゃあ僕を油断させて寝首をかこうとか思ってる？」

「え？　……ソンナコトハナイデスケド？」

外の人は襲わないと言っていたが、修練場内にいるピートは隙あらば襲おうと思っているのかもしれなかった。

『ピート！　この人、むちゃくちゃ怪しいですよ！』

「怪しくてもおっぱい触れるならそれでいいよ」

とりあえず約束は守ってもらうことにした。

＊＊＊＊＊

ナツミを堪能したあと、ピートはハナをウエストバッグから取り出した。ピートの情事など見たくないとハナが言っていたのでしまっておいたのだ。

『こんなの！　こんなの勇者じゃない！』

肌を上気させ、ぐったりとしているナツミを見てハナは憤っていた。

「だから、勇者のつもりはないんだよ」

『勇者じゃなくても人としておかしいですよね！　一体、ピートはどうなってしまったんですか！』

「元の僕がどういう人間だったのかはわからないけど、本質はこんなものだったんじゃない？」

人間関係、立場、責任、法。

全てのしがらみを取っ払ってしまえば、男などこんなものなのかもしれなかった。

「……で。私はなんで、尾びれ掴まれて逆さになってんのかな……」

虚脱状態のナツミがぼんやりと言う。

「触り放題だから持って帰ろうかと思って」

『「……え？」』

「普通、ある程度で満足したら解放するんじゃないかなっ!?」

正気を取り戻したらしいナツミが慌てて言った。

「満足したからもっと楽しみたいと思ったんだけど」

「それは、ありがとうございます？」

「でも、触り放題って言ったじゃないか。特に期限は決めてなかったよ」

「決めてなかったけどさ!? え？ 一生揉みしだくつもりなわけ!? わかった！ わかったからぶらんぶらんしたまま持ち運ぼうとしないで！ とりあえず放して！ 逃げないから！」

ピートが尾びれを放すとナツミは両手でうまく着地し、尾びれで座って上半身を立てた。

「触り放題って言ったけどさ！ 普通、今、この場だけのことだと思うでしょ！」

「なるほど。認識の相違があるみたいだ」

「ごめんだけど、条件をちょっと変えてもらえない？ 無期限ってのはさすがにさぁ……」

「そうかぁ。そっちにその気がなかったのなら、同意に至ってるとは言えないね。じゃあ一週間でどう？」

『一週間ってどれだけ触るつもりなんですか……』

「うーん……まぁ……放題って言った手前……それが一週間になるわけだから……わかった！ それでいい！」

そういうことになったので、ピートは再びナツミの尾びれを掴もうとした。

「いや、その運搬方法はやめてほしいんだけど」

「でも、ナツミはどうやって移動するの？」

「基本は逆立ちだよ」

言われてみれば、それぐらいしかなさそうだとピートは納得した。

「けど、しんどいことには違いないからさ。何か容れ物を持ってない？」

「こんなのでいい？」

ピートはウエストバッグから瓶を取り出し、ナツミに渡した。

水薬などを入れる透明な瓶で、今は空になっている。当然、ナツミが入れるわけなどない。

「このサイズならギリギリ入れるかなぁ」

ナツミはそう言い、コルク蓋を抜いた瓶を置いた。そして、次の瞬間には中に収まっていた。

ピートは、すぐにその現象を理解することができなかった。

「はろー！」

瓶の中で、小さくなったナツミが手を振っていた。

「へぇー。容れ物に潜めるとは言ってたけど、こんなに小さい物にまで入れるんだ」

「私の基本はあれですよ。意外な物に潜んでおいてからの、不意打ちだからね」

「これでいつでもおっぱいを触り放題だ」

『勇者……触り放題のおっぱいを持ち歩く勇者……』

ハナはぶつぶつと、この状況を信じたくないとばかりにぼやいていた。

＊＊＊＊＊

ナツミと出会った後も、ピートは二層をうろついていた。

地図を作ることは早々に諦め、モンスターを倒してアイテムを集めていたのだ。

「いやー。さっさと降参しといて正解だったよね。ピートの強さどうなってんの？　こんなところついてるレベルじゃないでしょ？」

通路を歩いていると、瓶に入っているナツミが話しかけてきた。瓶は腰のベルトに付けている。

ウエストバッグには生き物を入れられないのでこうするしかなかったのだ。

『ピートは勇者ですからね。当然ですよ』

「勇者？　そんなジョブあったっけ？」

「ハナが勝手に言ってるだけだよ。僕のジョブは自由人《フリーマン》だ」

「ごめん。それも聞いたことない」

そんなことを言いながら歩いていると、一層に繋がっている階段が見えてきた。

「今さらだけど、モンスターって別の階層に持っていっていいのかな？」

『本当に今さらですね……』

「別の階ぐらいなら大丈夫だよ。そもそも他の階から連れてこられたんだし」

大丈夫なようなので、ピートは階段を上りはじめた。

「そうなんだ。そういえばモンスターってここで何してるの？」

「何って、修練者やっつけてるけど？」

「なんのために？」

「え？　なんのためって……そう言われてるし……そういうものかなって」

特に深い考えがあってのことではないようだった。

「オークとかさ、僕が入っていくまで何もない部屋の中でぼんやりしてるっぽいんだけど、あれって暇じゃないの？」

「うーん。暇は暇だけど、選帝宮に配置されるのは休憩みたいなもんだからね」

「ということは、モンスターは修練場間を移動してるの？」

「そうだよ。さすがにこんな暇なとこにずっと詰めてられないから」

「じゃあ、ナツミも普段はここにはいないのか」

「うん。水中エリアでぶいぶい言わせてたんだから。水中ならちょっとしたもんだよ、私も。なんだよ、宝箱に入ってミミックの代わりをやれって！」

「確かに、水中ならナツミには敵わないかも。でも、嫌な仕事なら断れないの？」

「ぶっちゃけ時給がいい。敵が来なかったら休憩してるだけでお金もらえるし。それに選帝宮に配置されるってことは実力を認められたってことだから、断る人はまずいないと思う」

『モンスターって時給制なんですか。お金もらってどうするんでしょう？』

「そりゃ買い物とか、美味しい物食べたりとか」

『宙に浮いているマグロとかも買い物してるんですか？』

「いや、あいつらはほんとに魚程度の脳みそしかないし。それなりの知能がある奴だけだよ、買い物するのは」

『しかし、そんな話を聞いてしまうと、なんだかモンスターを倒しづらくなるような……』

「大丈夫、大丈夫。モンスターは問答無用で修練者に襲いかかるから、気にせず倒しちゃっていいんだよ」

「ナツミはちょっと変わってるよね。モンスターがそんな習性だとすると、人間のふりをしたり、命乞いをするって珍しいんじゃないの？」

「そ、それは！　私は特別に頭がいいからなんですぅ！　勝ち目のない戦いをするなんてアホ丸出しなんですぅ！」

ナツミはそう賢そうには思えない口調で言った。

そんなことを話しているうちに、ピートは階段を上りきり、一層に辿り着いた。

やってくる時に壊した壁は元に戻っていたので、あらためて壊して先に進む。

一層には面倒な罠がないので、地上に繋がる階段まで簡単に辿り着くことができた。

「ちょっ！　ストップ！　無理！　これ以上行けない！」

階段に足をかけたところで、ナツミが慌てて制止した。

「どうしたの？」

「このまま上ったら死ぬ予感がする！」

「モンスターは地上に行けないのかな？」

『嘘ではないと思いますね。レガリアの支配領域には弱いモンスターは来れないとされてるんです。おそらくモンスターが活動できるのは修練場という特殊なエリアだけなのではないでしょうか』

「弱い言うな！」

レガリアは明確に国の領域を規定する。そして領域内のあらゆる存在から魔力を徴収《ちょうしゅう》し、活動資源としていた。

人間も多少は魔力を持っているが操る術を持っておらず、たとえ枯渇したとしても死ぬことはないので、強制徴収されても問題はない。

だが、モンスターは魔力が存在の根幹であり、魔力を強制徴収されるのは身を削られるようなものらしい。そのため、魔力が乏しいモンスターは、レガリアの支配領域内に入ろうとはしないとのことだった。

「死んじゃうのは困るな。じゃあいったん置いていくよ」

「え？　ピートが戻ってくるのを待ってると思ってるの？」

ナツミは、呆気に取られたようになっていた。

「待っててくれたら嬉しいけど、どっかに行っちゃってもそれは仕方ないよね」

逃げられる可能性はもちろんあるが、無理に連れて行って死なれてはなんの意味もない。

ピートは手近な部屋に入り、ナツミの入っている瓶を置いた。

「じゃあね」

ピートは部屋を出て、地上への階段を上りはじめた。

＊＊＊＊＊

「喋るモンスターを見かけたんだよ。あんなのもいるんだね」

選帝宮から出て、ピートは首屋にある酒場にやってきていた。

「それなりにはいますわね。手強かったでしょう？」

話し相手は、いつものように一人で食事をしていたトルデリーゼだ。

「そうだね。突然だったからびっくりしたよ」

「これは忠告ですわ。モンスターが何を言ってきても聞く耳を持ってはいけません。一切無視することですわ。下手に何を言っているか聞こうとすれば死にますわよ？　モンスターが意味のある言葉を言っていると思ってはいけないのです」

それが修練者たちの基本的な対応とのことだった。

聞いてしまえば惑わされる。なので、意識的にモンスターの言葉を聞かないのだ。

——だとすると、ナツミのことを知られるのはまずいかな。見つからないようにしないと。

「喋るモンスターって人間とそんなに変わらないような気もするよね」

「私たちは対人戦を想定して育てられていますからね。その訓練も兼ねているのでしょう」

マダー帝国のレガリア、凶王の修練場は強力な兵士を育て上げるために存在している。

他国の侵略から領土を守り、あるいは攻め込むのに、物言わぬモンスターの相手しかできないようでは役に立たない。自分たちと同じように知性を持つ相手でも倒せる精神性が必要なのだ。

「ピート。出くわしたモンスターのことについても言いふらさない方がいいですわ。ま、喋るモンスターはどこの修練場にでも出てくる可能性がありますからこの程度は問題ないとは思いますけども」

「そっか。忠告ありがとう」

そう言ってピートは席を立った。触り放題の期間は一週間だ。ナツミが待っていてくれるかはわからないが、十分な準備をしてから選帝宮に戻るつもりだった。

＊＊＊＊＊

選帝宮の入口近辺にある部屋に、ナツミの入ったガラス瓶が置かれていた。

「あー、どうしたもんかなぁ」

ナツミは悩んでいた。ピートから逃げるのは簡単だろう。

修練場は結構な広さなので、適当に移動しただけで追跡は不可能になるはずだ。

「けどなぁ。このままだと多分死ぬよね」

ナツミは二層に配置されていたぐらいなのでそれなりには強い。だが、選帝宮にやってくるのは、他の修練場で修練を積み重ねた猛者たちなのだ。

十分に修練を積んだ修練者なら二層のモンスターなど簡単に倒すはずであり、ナツミ程度ではひとたまりもないだろう。実際、ピートには手も足も出なかったのだ。

もちろん、修練のために用意されたモンスターが、勝ち目がないからと言って逃げ出すことはありえない。

ナツミもそう思っていたし、確実に死ぬとわかっていても戦うのが当たり前だと思っていた。

だが、ピートと長々と会話をしているうちに、人間だった頃の記憶が刺激されたのだ。モンスターの材料は、修練場で死んだ修練者だ。その肉や魂が加工されてモンスターとして生まれ変わる。

中には人であった頃の記憶や意識が少しばかり残っている者もいて、そんな者が喋れるモンスターとなるらしい。

自分がどんな人間だったのかはわからないが、人としての意識が強くなってくれば当然のように死ぬのは嫌だと思ってしまう。

「うーん。でも生きていられるからって人間にいいように使われるってのもなぁ……」

ピートに連れられていては自由がないだろう。生きながらえることができたとしても、それで満足できるのかは疑問だった。

「なんにしろ、ここでじっとしてるのはありえないかな」

今のままでは修練者に見つかれば為す術もなく殺されてしまうことだろう。

ナツミは瓶から出ることにした。瓶から上半身のみを出して移動することも可能だが、体の大きさは容れ物の大きさに依存してしまう。瓶のサイズでは、踏み潰されればそれで終わりだ。

瓶から出ると、ナツミの体はすぐに元の大きさに戻った。

「この部屋、なんにもないなぁ」

何もないので素の人魚の姿で移動するしかなく、それはナツミにとって心許ない状況だった。

大した防御力はなくとも、何かに収まっていればそれだけで精神が安定するのだ。

ナツミは逆立ちで移動を開始した。

扉の前で一旦立ち止まり、外の様子を窺う。特に音は聞こえないので、辺りに修練者はいないはずだ。ナツミは扉を押し開け、通路へと躍り出た。やはり何者の姿もなく、ナツミは安心した。

「二層に行ったほうがいいかな」

ナツミは、逆立ちで動きはじめた。

選帝宮はその難易度のために、やってくる修練者の人数はそう多くはない。

慎重に立ち回れば戦闘は回避可能なはずだった。

ゆっくりと歩いて行くと、前方から音が聞こえてきた。少し先の十字路の左側からだ。

その喧噪《けんそう》は、どうやら戦いによるもののようだった。

ナツミは、角からそっと様子を窺った。六人の修練者が、三体のオークと戦いを繰り広げている。

戦闘に集中しているためか、両者ともにナツミが近づいてきたことには気づいていないようだ。

両者の実力は拮抗《きっこう》しているようだった。

一体の実力はオークのほうが上だが、修練者たちは人数とチームワークで立ち向かっているのだ。

二人が倒れ、一体が倒れとギリギリの戦いが続き、最後に残ったのはフルプレートアーマーを着込んだ修練者一人だけだった。

選帝宮に挑もうというのだから修練者たちも強かったのだろう。だが、オークもかなりの強さを誇っている。ここにいるオークは数々の戦いをくぐり抜けて生き残っているエリートと呼ばれるような存在であり、中途半端な実力で挑んでも返り討ちにあうだけだった。

「お？　これチャンスじゃない？」

疲労と怪我で動けないのか、仲間が死んで呆然としているのか。理由まではわからないが、生き残りの修練者が隙だらけで棒立ちになっているのは確かだった。

ナツミは逆立ちで駆け出した。修練者に近づき、一気に両手に力を込めて飛び上がる。

「食らえ！　マーメイドアタック！」

いちいち叫ぶなとピートに言われたことなどナツミはすっかりと忘れていた。

空中で回転し、巨大な尾びれを修練者に叩き付ける。修練者はナツミの動きに反応できなかった。棒立ちのまま、もろに尾びれを食らってしまったのだ。

金属製のヘルムが歪み、へこむ。それは致命の一打となり、倒れた修練者は砂と化した。

「勝った！」

力が流れ込んできて、ナツミは今の戦闘で成長したことを自覚した。

修練者がモンスターを倒して成長するように、モンスターは修練者を倒して成長するのだ。

モンスターや修練者の成れの果てである砂が、どこからともなく吹いた風に散らされていく。

剣と盾がドロップしていたが、ナツミはそれらを無視することにした。

逆立ちで動くナツミではそれらをうまく扱えないからだ。

「うまくやれば生き残れるんじゃないかな？」

勝てそうな相手だけを襲って成長していけば、生存できる可能性は高まっていくだろう。

一人でどうなることかと思っていたが、やりようによってはなんとかなるのかもしれない。

そんな自信を持ったナツミだったが、それも長くは続かなかった。

ナツミが何者かの気配を感じて振り向くと、そこに大男が立っていたのだ。

ほとんど裸で、禿頭で、筋肉質の男。ナツミはその男に見覚えがあった。

ダンジョンキーパー。修練場での実務を担う、レガリアの手足とも呼べる存在だった。

「あー……その。もしかして、二層に連れ戻そうってこと？　でもね！　私が好きで来たんじゃないから！　勝手に連れてこられただけだから！」

だが、これはこれで都合がいいかもしれなかった。ダンジョンキーパーがナツミを二層に再配置すれば、当初の仕事を再開できる。

一定時間を部屋の中で過ごせばノルマは達成できて、ここでの仕事は終了だ。選帝宮の時給は高いので、しばらくは遊んで暮らすことができるだろう。

「不正アルゴリズムを検知しました。削除を行います」

ダンジョンキーパーが、抑揚のない声でそう言った。

「え？　あれ？　不正って……私のこと!?」

削除とは、すなわちナツミを殺すということだろう。だが、それも仕方ないかとナツミはすぐさま諦めていた。

実力差は歴然であり、戦うだけ無駄だろうと思ったのだ。

それに、死んだとしても修練場に吸収され、再度何かに生まれ変わるだけのことだ。

またハーミットマーメイドとして構築されるかはわからないし、どれだけ今の意識と記憶が維持されるかはわからないが完全な無になるわけではない。

今のナツミも幾度となく死と再生を繰り返した結果のはずだった。

「まあ、ダンジョンキーパーに処分されるのなら仕方が……ん？」

ダンジョンキーパーがゆっくりと右腕を振りかざす。

すると、拳が緑光を放ち始めた。ゆっくりと輝きを増していく拳は力を溜めているかのようであり、ナツミはその輝きに嫌な予感を覚えた。

それで殴られればただでは済まない。死ぬだけでは済まないと直感したのだ。

「うわぁああ！」

逆立ち状態のナツミは、両腕に一気に力を込めて跳ねた。

ダンジョンキーパーが勢いよく拳を突き出す。まるで当たらない距離だったが、拳からは緑の光が一直線に放たれ、先ほどまでナツミがいた空間を通過して床を抉った。

「あわわわわわ！」

ナツミは慌てて逃げ出した。

先ほどの様子ならば、光線を放つには時間がかかるようだ。幸いダンジョンキーパーの動きはそれほど速くはない。うまく距離を取れば逃げ切れる可能性はあった。

ちらりと背後を見る。

ダンジョンキーパーの左拳が輝いていた。一撃目を放つ際に、二撃目の準備を始めていたのだ。

「やばっ！」

必死になって右へと跳ねる。左拳から放たれた光線が、ナツミの髪をかすめた。

かろうじて躱すことはできたが、もう次弾の準備が始まっている。

右に左に、ナツミは無作為に跳びはね、光線を躱し続けた。今のところは運よく生き延びているが、それもそう長くは続かないようだった。

ダンジョンキーパーは鈍重だが、逆立ちで逃げ続けるナツミもそれほど機動力があるわけではなく、少しずつ距離を詰められているのだ。

「どっか！　隠れられるとことか！」

ダンジョンキーパーの図体は大きい。狭い場所に入り込めば逃れることができるかもしれない。

だが、この階層は直線的な通路と部屋のみで構成されている。とてもすぐに身を隠せるような場所を見つけることはできなかった。

　ではどこへ行けばいいのか。ナツミは賭けに出た。出口に行くことにしたのだ。

ダンジョンキーパーが修練場から出ることは考えにくい。地上へ行ってしまえばダンジョンキーパーの脅威からは逃れられるはずだ。

　地上へ行けば、魔力が強制徴収されるが即死するわけではない。魔力を全て奪われるまでにはある程度の時間がかかるはずだ。

　もしかすれば一瞬で徴収され尽くすのかもしれないが、それこそが賭けだった。

　うまくいけば、ダンジョンキーパーが諦めて帰った頃に、選帝宮に帰還できるかもしれない。

　そんな程度の微かな希望にすがり、ナツミは出口へと向かった。幸い、出口からはそれほど離れていないはずだ。

「あ……」

　だが、ナツミは、これ以上は逃げられないことを悟った。ダンジョンキーパーの口が大きく開き、緑色に輝いていたのだ。そこからも光線を発射するつもりなのだろう。

　左右から順番に繰り出される攻撃に慣れきったところへ、三つ目の光線だ。

　とても対応しきれない。

　焦りから呼吸が乱れ、左右の手が絡まり、ナツミは派手に転倒して廊下を転がった。

　光線が、転倒したナツミの直上を通り過ぎていく。

　転倒したことで、運良く狙いが逸れたのだろう。

　しかし、ナツミは限界に達していた。もう立ち上がる気力もなくなっていたのだ。

「あ、こんなとこにいた」

声が聞こえ、見上げるとピートが立っていた。

助かったとは思わなかった。ダンジョンキーパーは修練場の管理をするものであり、修練者の敵ではない。攻撃しない限りは反撃してこないため、無視するのが不文律となっているのだ。

ナツミは、ピートもそうするのだと思った。ダンジョンキーパーに襲われているモンスターを助けるメリットなどまるでないのだ。

一瞬、ピートと交わした約束を思い出したが、ダンジョンキーパーと敵対してまで胸を触りたい者などいるはずがない。

振り向くと、ダンジョンキーパーは攻撃の準備を終えていた。

右拳の輝きが強いので次に放たれるのはそれだろう。どうにかその光線を回避しても、溜めが完了しかけている左拳と口から次々に光線が放たれてナツミは消滅するのだ。

「真技開放、クリスタルウォール」

ピートは小さな物を投げつけながら、何かを唱えた。

小さな何かはダンジョンキーパーの足下に落ち、そこから半透明の壁が伸び上がった。

緑光は壁にぶつかり穴を空けたが、乱反射してあらぬ方向へと軌道を変える。

そしてダンジョンキーパーの足下で爆発が起こり、ダンジョンキーパーをたじろがせた。

「何がどうなってるんだろう？　とりあえずピンチっぽかったから手を打ってみたけど」

ナツミは呆然となりピートを見上げた。ピートに立ち去る気はまるでないようだった。それはまるで、ナツミを守ろうとしているかのようなのだ。

「ちょ……何やってんの!?　あいつダンジョンキーパーなんだけど！」

「って言われてもそれが何かよくわかんないんだけど」

ナツミが何に驚き、何を問題視しているのかがピートにはよくわかっていないようだ。

「あいつは！　修練場の管理人みたいな奴なの！　修練者はあいつとは戦わないの！」

「うーん。でも、あいつはナツミを襲ってるわけでしょ？　だったらどうにかしないと」

「なんで!?」

「なんでって、僕のおっぱいだし、殺されたら困るから」

「私のおっぱいだよ！」

『ちょっとは勇者らしく女の子を助けるのかと期待した私が馬鹿でした！』

ハナが胸元で叫んでいた。

＊＊＊＊＊

選帝宮の一層に戻ってきたらナツミがいない。

捜してみると、巨大でハゲで腰に布を巻いているだけの男がナツミを殺そうとしていた。

当然、見捨てる気はなかった。

触り放題の約束は一週間であり、その間はナツミを堪能するつもりだったからだ。

「ダンジョンキーパーか。結構強そうだな」

ダンジョンキーパーの足下に投げたマキビシは爆発したが、大したダメージにはなっていないようだ。

真技解放【劣】でアイテムが爆裂するのは、壊れるというデメリットの副作用でしかない。これまではたまたま通用していたが、ある程度の防御力があれば防げるのだ。

「なんか余裕ありげだったのに、勝てる見込みないの!?」

ナツミが食ってかかってきた。それだけ必死なのだろう。

「そう言われても、相手の強さもよくわからないし。わかる？」

「見た目通りに動きはとろい。けど、力は強くて、手と口からビームが出る。で、防御力は高くて、ちょっとやそっとの傷はすぐに治る」

「まあ、説明されてもピンとこないからやってみるしかないか」

「なんか説明しただけ無駄だった感が半端ないな！」

「参考にはなったよ」

「ちなみに倒しても何もドロップしないし、成長もできない。だから修練者はダンジョンキーパーは相手にしないんだよ」

基本的には修練者にとってダンジョンキーパーは無害なのだろうし、手を出さないのが不文律のようだ。

「ちなみに逃げるのはどうかな？」

「あー、地上に逃げたら助かるかと思ってたんだけど、冷静になって考えたら追いかけてこない保証はまるでなかったね」

それに、追いかけてこなかったとしても出口でずっと待っているかもしれない。そうなれば選帝宮に戻れないし、結局は魔力枯渇で死ぬだろうとのことだった。

『加害行為を認識したためターゲットを変更します。ターゲットは修練者のため、排除するまで削除モードはディセーブルになります』

どうやら先ほどの爆発は、ピートによる攻撃と認識されたようだ。

「えーっと……ピートが狙われてる間に逃げちゃっていいかな？」

『それはあんまりじゃないですか!?』

「いや、だって、勝てないよ？」

「逃げてもいいけど、後ろは階段しかないよ？　あいつの横をすり抜けて前に行くつもり？」

「あー……がんばれピート！　負けるなピート！」

ナツミは、地上へ行くのは無理だと判断したようだ。雑な応援を背にしながら、ピートはダンジョンキーパーに近づいていく。

間合いに入ったところで、ダンジョンキーパーが巨大な拳を打ち出してきた。

ピートは拳を躱しざま、短槍で手首を斬りつけた。その太い手首を切断するには至らなかったが、浅い部分にある動脈には届いているはずだ。人間が相手なら、即死とはいかずともかなりのダメージを与えられたことだろう。

だが、ダンジョンキーパーは怪我など気にせずに、さらに拳を繰り出してきた。

その動きはピートに比べればやはり遅い。

ピートは手当たり次第に斬りつけてみたが、その攻撃に意味がないとすぐに悟った。

ダンジョンキーパーの怪我はほぼ瞬時に治っているのだ。

普通なら細かく傷つけていけば消耗と失血死を狙えるのだが、ダンジョンキーパーは小さな傷などものともしないらしい。

ザガンの短槍の刃は、指先に備わった数センチしかない爪だ。勢いを付ければ切り裂くことも可能だが、ダンジョンキーパーの極厚の体には通用していなかった。斬撃の威力が分厚い筋肉で吸収されてしまっているのだ。

ピートはすぐに方針を変えた。刺突することにしたのだ。

ではどこを狙うべきか。心臓や腎臓などの臓器は急所だが、即座に傷が治る相手では心許ない。

確実に殺すなら、脳を狙うべきだろう。

ピートは拳の攻撃を掻い潜り、ダンジョンキーパーに肉薄した。

ザガンの短槍のリーチは、槍の類いとしては短い。巨大なダンジョンキーパーの頭部に攻撃を加えるにはできるだけ近づく必要があった。

下方から短槍を突き上げ、顎下へと突き刺す。ダンジョンキーパーの動きは遅く、攻撃を当てることは簡単だった。そのまま延髄《えんずい》の辺りまで突き通せば即死のはずだ。

だが、ピートは違和感を覚えた。短槍が進むにつれ、抵抗が増していく。切り裂かれた肉が、次々に再生し短槍を咥え取ろうとしているのだ。

ピートは、ダンジョンキーパーの体を蹴り、強引に短槍を引き抜いて飛び下がった。

「困ったな。再生力が強くて急所にまで届かない」

「ね！　言ったでしょ！　ダンジョンキーパーは厄介なんだって！」

『なんで自慢げなんですか……』

　今のところ負ける要素はなさそうだが、このままでは勝てる見込みもない。

「試してみたいことがあるからそれをやってみるよ。真技解放、ポイズンシールド」

　ピートは発動呪文を唱え、短槍を前に構えてダンジョンキーパーへと突っ込んだ。

　狙いは胴体中央。あっさりと短槍は突き刺さった。ピートの踏み込みが素早いということもあるが、そもそもダンジョンキーパーは避けようともしていない。

　筋肉の抵抗はあるが、それでもピートはできるかぎり短槍を押し込んだ。肉に包み込まれ、それ以上動かなくなり、ピートは短槍を手放して後ずさった。

「武器奪われてんだけど!?」

「まあ、なければないで、どうにかなるよ」

　そして、ダンジョンキーパーの上半身は派手に吹き飛んだ。

「はい？」

　ナツミが呆気に取られた顔をしている。

　ダンジョンキーパーの下半身が倒れた。さすがに上半身が粉々になっては再生できないらしい。

『何がどうなってるんですか!?』

「真技付きのマキビシをザガンの短槍の親指で保持してそのまま突っ込んでみた。中で爆発したら耐えられないいんじゃないかなと思って。で、思い通りにできたみたい」

『槍が壊れてもいいんですか!?』

「無事みたいだね」

　ピートは血だまりの中に落ちていた短槍を拾い上げた。血まみれになっているぐらいで、どこも壊れてはいないようだ。

　ダンジョンキーパーとはいえ死亡後の扱いに変わりはなく、砂と化して散っていった。短槍にまとわりついていた血糊も落ちていき、ダンジョンキーパーが存在していた痕跡はすぐになくなってしまった。

「で。ダンジョンキーパーってのは修練場の管理側の存在なんでしょ。目の前の一体は倒したけど、いくらでもこんな奴を送り込んでこれるんじゃないの？」

「そうなんだよね……。多分さ。私、人間としての意識みたいなの？　そーゆーのが濃くなっちゃってさ。それで処分対象になっちゃったような感じなんだけど……どうしよう？」

　問題は何も解決していないと気づいたのか、ナツミが不安そうにピートを見つめてきた。

『え？　人間としての意識ってなんですか？』

「修練場のモンスターって元は人間らしいのよ。死んだ修練者から作られてるみたいなんだよね。そうでもなきゃ、言葉を覚えてて話したりできないでしょ。まあ、それでもモンスターとしての本能みたいなのがあって修練者を見かけたら襲いかかるんだけど」

「そういうのがなくなっちゃったと？」

「もともとモンスターとしてはおかしなところがあった気はするんだけど、ピートと話してるうちにこうなっちゃったっていうか」

「そうだなぁ。じゃあ管理者に相談してみようか」

「そんなのできるの？」

「地上にある首屋に、センテっていう選帝宮の化身がいたよ」

　選帝宮が本気になれば、ナツミが逃げ切るのは不可能だろう。ナツミの安全を確保したいなら、どうにかして選帝宮側と話をつける必要があった。

「ダンジョンキーパーは独立した存在だって聞いたことはあるから、私のことがすぐに伝わることはないと思いたいけど……あー……えーっと、その、ちゃんと待ってなくてなんだけど、しばらく一緒にいてもいいかなぁ」

「そういう約束だしね。瓶に入る？」

　ピートは拾ってきた空瓶を差し出した。

「また何かあった時に困るから、やっぱり自力で動くよ。容れ物はもうちょっと大きいほうがいいけど」

「じゃあ何か探してみようか」

　ナツミはよほどダンジョンキーパーが怖かったのだろう。ピートの寝首をかく気も、逃げる気もなくなっているようだった。

3　勇者と奴隷

　ナツミと再会してから一週間。ピートは選帝宮にこもりっきりだった。

「なんかさらっとおっぱい揉んでるのどうにかなんないですかね？　もうちょいムードとか？　そーゆーのないの？」

　ピートはナツミの後ろに座り、背後から胸に手を伸ばしていた。ここは二層の部屋で、ピートたちは休憩しているのだ。

「ダメだった？　嫌がってないからいいのかと思って」

「嫌なわけじゃないけどさぁ。カジュアルに揉みすぎじゃない？」

「ごめんね。そういえば一週間経ったんだからもう触っちゃダメだったね」

「それは……まあ、別に……嫌な場合は言うから……」

『こんな！　こんな勇者を見たくなんてない！　けど！　しょっちゅうこんなことばっかやってるからいちいち引っ込んでもいられない！』

「英雄色を好むとかって言うしさ、こーゆー人なんじゃないの？　ピートって」

『違うんです！　こんな、昼間っから平然と女性の胸を揉みしだくような人じゃなかったんです！　そりゃあ勇者ですし、この見た目ですから様々な女性から熱い視線を浴びていたのは事実ですが！　ピートには浮いた噂など一つもなく、品行方正が服を着て歩いているような！　そんな絵に描いたような勇者様だったのです！』

「そう言われても、そんな記憶は欠片もないからなぁ。僕は僕の思うがまま行動しているだけだよ」

『そんな……人は記憶がないだけでここまで変わってしまうのですか……!?』

「そうなんじゃない？　人を形作ってるのはそれまでの記憶だろうしさ。これまでの記憶とか、しがらみとかをとっぱらって表れた本性がこれってことなんじゃ」

『それっぽい話ですけど、モンスターに言われても説得力が……』

「そろそろ来たかな」

「はーい」

ナツミが宝箱の中に姿を隠した。結局、ナツミは容れ物として宝箱を使うことにしたのだ。

ピートはオーラを極限まで抑えて、気配を消した。ここ最近で身につけた技だ。ピートは体を包むオーラをより精妙に操れるようになっていた。

遠くから微かな足音が聞こえ、こちらへ近づいてくる。だが、ピートは足音がするよりも先に、それが発する巨大なオーラによって接近を感じ取っていた。

グラッドたちだ。彼らにはオーラを抑える発想がないらしく、気配を消す術があることも知らないようだった。これはピートたちにとってかなり有利な点だ。

ピートのレベルを看破《かんぱ》したことからわかるように、グラッドはオーラによる気配の察知に長けている。その自信がゆえに、オーラを抑えて気配を消したピートの存在に気づくことができないのだ。

グラッドたちが、ピートたちが潜む部屋の前を通り過ぎていく。そして、いくつかの分岐を通り過ぎ、気配が薄れていった。

ピートたちは、このようにしてグラッドが知っているらしい二層の攻略順路を盗み見ていたのだ。

ピートが宝箱を軽く叩くと、蓋が開きナツミが顔を出した。ナツミは、宝箱に入ることで気配を消すことができるのだ。

「どう？　道わかった？」

「うん。気配が急に途絶えたから、もしかすればそこに三層への道があるかも」

『すごくせこいやり方ですよね……勇者がこんなのでいいんですか……』

ハナは勇者らしさにこだわっているようだが、ピートにすればどうでもいい話だった。道がわからないなら、知っている者の後をつければいいだけなのだ。

ピートたちは部屋を出て、グラッドたちの後を追った。ちなみにナツミは宝箱から上半身だけを出して逆立ちで移動している。モンスターだからなのか、その状態でも苦にはなっていないらしい。

しばらく行くと、下へ向かう階段があった。地図を作る努力こそしていないが、ここに来るまでにはかなりの時間と労力をかけている。ピートは達成感を覚えていた。

「じゃあ三層に行ってみようか」

「その前に一ついい？」

階段を下りようとしたところで、ナツミが聞いた。

「なに？」

「一週間が経ったわけで、触り放題プランは終了したわけじゃない」

「うん。そういう約束だったからね」

「ということはもう私は自由なわけだよね」

『自由も何もダンジョンキーパーが怖いから付いてきた、とかでしたよね？』

「いや、それはそうなんだけど……で！　あらためて一緒に行きたいんだけどいいかな？　これからは対等な仲間って感じでさ！」

「対等ということは、おっぱいを触るとかはなしなのかな」

「うーん……気分による！」

「じゃあよろしく」

『それでいいんですか……ですが、ピートの仲間になるということは、ナツミさんもモンスターと戦うんですか？』

「戦うよー」

『軽っ！　元仲間と戦うという悲壮感とか無いんですか！』

「戦って強くなって、ダンジョンキーパーに対抗できるぐらいにはなっときたいね！」

「戦ってくれるのはいいけど、モンスターを倒してナツミは強くなるの？」

戦闘経験を積めばそれだけ強くなるのは当たり前だろう。だが、この修練場での修練とはそれだけのものではない。モンスターを倒せば、その力の一部を吸収して強くなれるのだ。

「あー。それは無理かも……。修練者を倒すと強くなるのはわかってるんだけど」

「そっか。じゃあ修練者も倒していこうか」

『なっ！　何を言ってるんですか！』

ハナが素《す》っ頓狂《とんきょう》な声を上げた。よほど信じがたかったらしい。

「今さらじゃないかな。修練者なら倒したことがあるよ？」

『そ、それはそうですけど、襲われて返り討ちにしたのと、積極的に襲って倒すのでは意味が違いますよ！』


「そんなに違うかな？　まあ、実際のところ、修練者と戦いになる機会はそうなさそうだけど」

選帝宮では、他の修練者と遭遇を避けるのがセオリーだ。こちらから近づいていったとしても逃げられるだけだろう。


「ま、とりあえず三層をちょっと見てみよう」

ピートたちは階段を下り、三層に辿り着いた。

二層とはうってかわり、空気が乾燥していた。辺りは黄色い光で照らされていて、床にはうっすらと砂が積もっている。だが、異なるのはそれぐらいのものだ。

直線的な通路と部屋で構成されており、二ブロック先までしか見通せないのはこれまでと同様だった。


「ここもトラップだらけ？」

「進んでみたらわかるよ」

ピートは適当に通路を進んで行った。すると、唐突な浮遊感がピートを襲った。

足下を見れば、ついさっきまで確かにあった床がなく、黒々とした闇が広がっていたのだ。

ピートは、この状況に対して為す術がなかった。

場合によれば、これでピートは一巻の終わりだったかもしれない。この穴があまりにも深ければ、あるいはどこまでも闇の中を落下していくのであれば対応のしようがないからだ。

だが、不幸中の幸いで、すぐに床が見えてきた。

ピートは爪先から着地し、膝を曲げ、体を丸めて回転することで落下の衝撃を吸収した。

　ナツミはどうなったのかと見てみれば、隣に宝箱が落ちていた。ナツミは、宝箱に全身を収めることで身を守ったのだ。

『一体なにが起こったんですか！』

「落とし穴かな」

　ハナに答えながらピートは立ち上がった。

　ここは気温が高く、赤い光で満たされていた。どうやら、階層ごとにテーマのようなものがあるようだ。二層が水で、三層が砂だとすれば、ここは炎といったところだろう。

　やはりここも二ブロックから先の様子はわからないが、辺りには壁がなかった。音の反響から判断すると、広い空間の中にいるようだ。天井を見れば、一ブロックの四角い穴が空いていた。

「これは、三層を攻略しなくてもいきなり四層に来られたってことでいいのかな？」

「いや、駄目でしょ、普通。これただのトラップでしょ」

　ナツミが宝箱から顔を出して呆れたように言った。

『ですよね。そんなに簡単に来られるわけありませんよ』

　二人の言うとおりだった。

　ここは特に何もない広いだけの空間だったのだ。一通り見て回ったが、出口は上層への階段が一つあるだけで、その階段は三層の入口あたりにつながっていた。

　おそらく、三層の落とし穴に落ちれば、四層の落とし穴専用エリアに辿り着くようになっているのだろう。

「これは……ちょっと難しいな」

周囲には気をつけていたつもりだが、ピートは落とし穴に気づくことができなかった。

いちいち落とし穴に落ちていては、グラッドの後をつけていくことはできないだろう。

「とりあえずは三層の敵を確認してみよう」

ピートは、三層の入口近くにある扉を開けて中へと入った。

三体の人影がそこにあった。

一瞬、修練者かとピートは思ったが、すぐにそれが人間ではないとわかった。

それらは、木でできた人形だったのだ。背丈はピートと同じ程度で細身の体型だ。顔には目も鼻も口もなく、のっぺりとしている。

もちろん、ピートはそれらをただの人形とは思わなかった。

わざわざ部屋の中に置いてあるのだ。なんらかのトラップである可能性が高いだろう。

「なんで、こんな人形が置いてあんの?」

ナツミが、逆立ちでゆっくりと人形に近づいていった。

「トラップかもしれないから危ないよ?」

「大丈夫だって。トラップだったらひっかからないから」

『でも、落とし穴には一緒に落ちましたよね?』

「通路にある移動系のトラップは別ジャンルだよ。でも部屋の中のは大丈夫だから」

ナツミはもともとガーディアンモンスターだ。部屋の中にある修練者向けのトラップには引っかからない自信があったのだろう。

そんな油断があったためか、するりと動き出した人形にナツミは対応できなかった。

人形がなめらかに素早く蹴りを繰り出し、ナツミはまともに食らって吹っ飛んでしまったのだ。

「何が起こったの⁉　どういうこと、これ！」

幸い、蹴りはナツミの下半身を収納している宝箱に当たっていた。壁に打ち付けられはしたが、宝箱に全身を収めることによってダメージを軽減させたのだ。

「能動的に動いてるようだし、トラップってよりはモンスターなのかな」

「え？　モンスターは同士討ちはしないはずなんだけど⁉」

『宝箱に入って逆立ちで歩いてくるおかしな人間と思われているのでは？』

「うっそ！　そんな雑な判断でこいつら動いてんの⁉」

「それか、ナツミを始末しろって指示が出てるとか」

「あー、ダンジョンキーパーに余計な仕事させるよりは、モンスターを使うほうが合理的っちゃ合理的かぁ……」

「ま、とりあえずこいつらは倒そう」

ピートは踏み込み、近くにいた人形の胸を短槍で貫いた。木製の人形だからか、耐久性はそれほどでもない。

しかし、ピートは手応えを感じていなかった。

直感でしかないが、それで人形が活動を停止するとは思えなかったのだ。

ピートは飛び下がった。胸を貫かれた人形が、大してダメージを受けた様子もなく迫ってくる。

人形が前蹴りを繰り出した。ピートはそれをなんなく躱し、攻撃に転じようとしたところで背に衝撃を感じた。

ピートは混乱しつつも大きく飛び退いた。一旦、冷静になるべきだと考えたのだ。

「なるほど。人間みたいなものだと思っちゃ駄目なのか」

人形たちの関節は球体で出来ていた。

全体のフォルムは人を模しているが、関節の可動範囲に制限はないらしい。

先ほどの蹴りは、膝関節から人ではありえない方向へと曲がってピートを攻撃したのだ。

「ちょっと困ったな。急所がわからない」

最初の一手は人間なら心臓のあるあたりを狙ったものだが、致命傷とはならないらしい。

見たところ、人間の急所を狙うことにさほどの意味はなさそうだった。

「とりあえず動けなくなるまで地道に攻撃するしかないのかな」

ピートは遠間から手足を切り刻むという消極的な作戦をとることにした。

ギリギリの距離から、指を、手首を、足先を攻撃して少しずつ戦力を削っていったのだ。

幸い、人形たちのスピードはさほどでもない。回避に専念し、慎重に攻めていく。そう決心したなら、三体が相手でもそう難しいことではなかった。

しばらくすると、人形たちは胴と顔だけの状態になっていた。さすがにこの状態にまでなれば人形たちにできることはないようで、細かく震えているだけだった。

「おぉ……なんか絵面がすごいことになってるね……ん？　一つ死んでるんじゃない？」

ナツミがしげしげと人形を見ている。その人形は確かに死んだようで、砂になっていくところだった。しばらく見ていると完全に風化して、どこからともなく吹いた風に流されていった。

残りの二体はそのままで、特に変化はない。

「死んだってことは手足のどこかに弱点があったのかな？」

ピートは、胸に穴の空いている人形の頭部に短槍を突き刺した。

手応えらしきものがあり、人形は砂になって散っていった。

残りの一体の頭部にも短槍を刺してみたが、これはどうも違うようだ。

次に胸を刺してみるもやはり違う。さらに腹を刺してみれば、手応えがあった。

「どれも同じように見えたけど、弱点の位置が違うのか」

「それっぽいね。だとしたらめんどくさそう」

「何かドロップしてるね」

最後の一体が散った後に、細長いものが二つ残されていた。

『足……ですよね？』

「そうだね」

それは、木製の足だった。

死んだ人形の足はピートが傷つけてしまっているので、人形そのものの足ではないのだろう。死んだ後にドロップアイテムとして出現したようだ。

木製の足は太ももの付け根から切り離したような形状をしていて、太ももの付け根と膝と足首に球体関節を備えていた。

『これは……何かの役に立つんですか？』

「触ってみれば少しはわかるよ」

ピートが人形の足を手に取ると名称が表示された。

ウッドゴーレムの右足
効果：なし
真技：なし

ウッドゴーレムの左足
効果：なし
真技：なし

真技は付いていないので、大したアイテムではなさそうだった。

「いま倒したのはウッドゴーレムだね」

「へぇ。ゴーレムってもっとごついやつかと思って――なんか動いてるけど!?」

「ああ。短槍と同じ感じで動くかなと思ったら動いたね」

オーラの存在を認識した今では、ザガンの短槍のようなアイテムを動かす際にはオーラが働いているとわかっていた。オーラをアイテムに流し込めば、感覚を接続して自らの手足のように操作することが可能なのだ。どんなアイテムに対してもできることではないのだが、ウッドゴーレムの足はオーラ操作に対応しているようだった。

「足だけとか何に使うんだろう？　短槍の石突《いしづき》の方に合成したら自立するようになるかな？」

「手が生えてる短槍ってだけでも気持ち悪いのに、ますます気持ち悪いよ！」

「ああ！　合成を試してみるならもっといい物があるね」

ピートはナツミを見つめた。

「え……まさか……」

ナツミが逆立ちのまま後ずさる。

「マーメイドに足なんてくっつけられても、マーメイドのアイデンティティが崩壊するだけなんだけど⁉」

「さすがに生物とアイテムの合成はできないんじゃないかな？」

ナツミの発想は、ピートには思いもよらないことだった。

合成はアイテム同士に限られると疑うことなく思い込んでいたのだ。

だが、もしかするとモンスターとアイテムの合成も可能なのかもしれない。そういった発想の転換をピートは得たが、今はそれを試す機会ではないと思い直した。

「僕が考えたのは、宝箱と足の合成だよ」

「宝箱？　私の？　今から？」

「うん。試しにやってみようと思って」

宝箱なら修練場内にいくらでもあるし、この部屋の隅にも置いてある。失敗したとしても惜しくはなかった。

「合成ってどうやんの？」

ナツミが逆立ちをやめて、宝箱から飛び出した。

「アイテムに触って念じたらできるよ」

正確には、両方のアイテムにオーラを流し込んで一つにするイメージだ。曖昧に念じるより意図が明確になる。

「合成」

ピートは、宝箱の底にウッドゴーレムの右足を押しつけながらオーラを流し込んだ。

「正直、事前に話を聞いてなかったらただの奇行だね……」

「うまくいくとはそんなに思ってないよ。試しにやってみただけで——と、くっついたっぽい」

「えー!?」

ピートが手を放しても、右足は宝箱の底にぴたりとくっついたままだった。

同じ要領で左足も合成すると、それもすんなりとくっついた。

合成の成功率はそれほど高くないようだが、ピートの合成スキルはモンスター素材に関しては確実に成功する特性があるのだ。

足の生えた宝箱
効果：トラップ（毒針）＋1
真技：なし

合成の結果、効果や真技は元のままで、名称だけが変化していた。

「いや……なんかキモいことになったのはわかったけど、それでどうなるわけよ」

「入ってみたら動かせない？」

宝箱が動かせるなら、ナツミの移動はかなり楽になるはずだった。

「いやいやいや!?　動くわけないと思うんだけど！」

「ナツミはオーラってわかる？」

「さあ？」

「修練者とかモンスターの体を覆ってるエネルギーみたいなものなんだけど」

「んー？　なんとなくはわかるけど」

「それを流し込んで体の一部にするような感覚だよ」

「そう言われてもなぁ」

「僕がアシストするよ。一度感覚を掴めばできるようになると思う。とりあえず宝箱に入って」

「一応やってみるけど」

あまり納得していない様子だが、ナツミは横倒しになっている宝箱に下半身を収めた。

ピートはナツミの肩に触れ、オーラを流し込んだ。ピートのオーラとナツミのオーラを混ぜ合わせるような感覚だ。

「ん？　あ……なんか入り込んでくるような……ん……ちょっと……これなんかヤバイ……んっ……あっ……ひぁ……」

『あの、怪しい声を出さないでもらえますか！』

「そ、そんなこと言われたって！　ひぅ……んぁ……」

ナツミを経由して、宝箱にくっついている足へとオーラを流し込む。ピートは宝箱の足に感覚を繋げた。

「どう？　足につながってる感じある？」

「え……あっ！　なんかある！　勝手に動いてるけど！」

「今は僕が動かしてる。ナツミもやってみて」

「う、うん」

　ナツミがぎこちなくオーラを動かすと、宝箱の足がぴくりと動いた。ピートの誘導によって感覚は掴めたようだ。

　ピートはナツミの肩から手を放した。

　それでも宝箱の足がバタバタと動いている。どうやら足の動かし方はわかってきたらしい。

「なにこれキモイ！　足？　の感覚があるんだけど！　足生えてたことなんてないのに！　あ、もしかして前世は足があったとかかな？」

「でも、その状態から自力で立ち上がるのは難しそうだね」

　ピートは、宝箱を起こして立ち上がらせた。

　そっと手を放すと、宝箱は二足で直立していた。

「歩ける？」

「ちょっとやってみる」

　宝箱がよたよたと歩き始めた。

　マーメイドなので足の感覚がわからず歩けない可能性もあったが、どうにかなっているようだ。

「なんとかなりそうな気がしてきた」

「だったらよかったよ」

『これ……なんなんですかね？　新種のモンスターみたいになってるんですが……』

ハナは呆れたように呟いていた。

「逆立ちよりも動きやすいんじゃないかな」

「うん！　あんまり疲れないのがいいよね！」

まだ少しぎこちない様子もあるが、そのうちに慣れるはずだ。自由に操れるようになれば、逆立ちよりは戦闘面で有利に立てるだろう。

合成はうまくいったので、ピートは部屋の隅にある宝箱へと向かった。

ナツミもよろよろとついてきた。

宝箱
効果：トラップ（クロスボウ）＋1
真技：なし

しゃがみ込み宝箱に触れると名称が表示された。

トラップを無視できるナツミに開けてもらおうと思っていたが、トラップによっては無理矢理開けてみてもよさそうだとピートは考えた。

毒ガスなどは対応に困るが、矢が飛んでくるぐらいならどうにでもなるだろう。

ピートは宝箱の蓋に手をかけた。片手で開いていくと、カチリと音が聞こえた。

蓋の隙間から飛び出した何かを、ピートはあっさりと躱した。

中には、体力を回復する赤ポーションが入っていた。希少なものではないが、使い道はあるので無駄にはならないだろう。

「蓋を閉めてもう一度開けたらどうなるのかな?」

好奇心に駆られて、ピートは蓋を閉めてから開けた。

再度何かが飛んできて、ピートは躱した。もう一度閉めて、開ける。三度何かが飛んできてピートはさらに躱した。宝箱の罠は何度でも発動するようだ。

「これって、いくらでも矢を回収できるんじゃ」

『勇者がなんでそんなけちくさいことを考えているんですか……』

ピートは振り向いて背後を見た。矢はどこにも落ちていなかった。どうやら役目を終えた矢は消えてしまうようだ。

「さて。じゃあ、もっとゴーレムのドロップアイテムを集めようか」

ピートは立ち上がりながら言った。

『……またコンプリートするつもりなんですか……』

うんざりしたようにハナが言う。

「今回はコンプリートっていうよりも、ナツミの宝箱にいろいろくっつけたら面白いかなって」

「え?　いや、それはどうなんだろ?　歩けるようになったのは便利だとは思うけど、あんまりゴテゴテつくのも……」

足ぐらいなら許容範囲でもそれ以上は困るのか、ナツミは引きつった笑顔を見せていた。

＊＊＊＊＊

躱す。弾く。足を払う。手の内で柄を滑らせて敵を突き、瞬時に引き戻す。

石突で敵を打ち、跳ね上げ、背後へと回り込み、引き倒し、踏みつける。

ピートの動きは実になめらかで淀みがなかった。

なんとなく敵の動きを先読みでき、考えずとも体が自然に動くのだ。

ハナの話によれば、以前のピートは剣を主に使っていたらしい。槍は専門外らしいのだが、それでも長年の戦闘で培《つちか》われた経験があるのか、特に違和感なく短槍を操ることができた。

「ピートと一緒にいると、敵が強いのか弱いのかよくわかんなくなるよね……」

三層の部屋の中。ピートが敵を全滅させたところで、ナツミがぼやくように言った。

ピートの足下には動かなくなった金属製の人形が転がっている。

しばらくして砂となって散り、後には金属の手足が残された。

アイアンゴーレムの右足
効果：速度＋1
真技：なし

アイアンゴーレムの左手
効果：打撃＋1
真技：なし

触れてみると名称が表示された。

今のところ、ウッドゴーレム、ストーンゴーレム、アイアンゴーレムの三種類がいることは確認できている。

材質の硬度に応じて強くなるようで、アイアンゴーレムは硬く、素早かった。武器は持っていないが、手足が鉄なため当然攻撃力も高い。

「なんか慣れてきたよ。弱点の場所は決まってないんだけど、微妙に弱点をかばうような動きをするんだ」

「弱点がわかってもさ。これ金属だよ？」

「そこはザガンの短槍のおかげかな」

短槍の刃としての有効部位は小さく、指先にある数センチの爪にしか威力はない。だが、この爪はとても鋭かった。鉄ぐらいなら切り裂くし、貫けるのだ。

「左手は三本目だからこれで＋2だね」

ウエストバッグから取り出した鉄の左手に、入手したばかりの左手を重ねる。

すると、二つの左手は重なって一つになった。

アイアンゴーレムの左手＋2
効果：打撃＋3
真技：なし

名称が微妙に変化した。

合成を色々と試していてわかったのだが、同じアイテム同士を合成すると一つになって、アイテムが強化されるのだ。強化段階は＋の数値で表記され、一つ合成するたびに＋1されていく。

「見た目的には不思議なことになってるよね……くっつけたのに大きさは変わんないって」

「これ、くっつけてもいいよね？」

「いいけどさぁ。これ以上増やすと見た目ひどいよ？」

ピートは、ナツミが入っている宝箱の前面左側に左手を合成でくっつけた。

これで、底面には足が四本。

左右の面に一本ずつ。前面の右と左に一本ずつの計四本の手が生えたことになる。

「最初は無理だろ、と思ってたけど、こんだけ手足が増えても思い通りに動くんだよね。気持ち悪いけど」

違う種類のアイテムを合成した場合、今のように単純にくっつくだけの場合と、ザガンの短槍のように新たな姿となる場合があった。姿が変わるのは特殊なアイテムに限られるのかもしれない。

『無茶苦茶目立つんですが……これ、どうするんですか』

「足が生えた時点で宝箱のふりして隠れるとか無理だし、目立ってもいいんじゃないかな」

「でもさ。＋付きのをくっつけるんならもっと重ねてからのほうがよかったんじゃない？　外せないなら限界まで強化してからのほうが」

「今はとりあえず実験だよ。最強宝箱を作るならもっとアイテムを厳選しないと」

『勇者の仲間とはとても思えない外見ですよね……』

ハナがため息をつく。若干、諦め気味のようだった。

＊＊＊＊＊

ピートたちが別の部屋に行くと、そこにいたのは、またもや同じような形をした人形だった。

違うのは材質だけで、外見にそれほど違いはない。ウッドゴーレム一体、ストーンゴーレム二体が待機していた。

ピートは、瞬時に間合いを詰め、これまで弱点のあった数箇所を連続で突いた。

正確な弱点の場所は動きを見極めねばわからないが、このやり方でも高確率で仕留めることができる。

二体のストーンゴーレムが倒れて砂になった。ウッドゴーレムはあえて狙っていない。

「左手がアイアンゴーレムの左手＋2で、右手がアイアンゴーレムの右手＋1だからさ。威力に違いがあるか試してよ」

「いや、左って二つあるけど？」

「前にあるのは左前手とか右前手って呼ぼう。だから左手は左側面についてるやつ」

＋が増えれば威力が上がることは、ピートが試してわかっている。

わかっていないのは、それを宝箱にくっつければどうなるかということだ。

ナツミが使っている宝箱の名称は、手足の生えた宝箱だ。これだけでは、手足の威力が増えた状態でくっついているのかがよくわからなかった。

「ＯＫ！　いっくぞー！」

宝箱が、四本の足をなめらかに動かしてウッドゴーレムに迫った。

『なんだか……気色悪い動きですね……』

「細かく動かすのが昆虫っぽいのかな？」

まずナツミは前手で相手の両手を封じた。

そして、右手でフック気味に人形の脇腹を打つ。ミシリと音を立て、人形の腹にひびが入った。

次に、左手で反対側の脇腹を打つ。すると、拳一つ分体の中へめり込んだ。

やはり＋2のほうが威力があるようで、それは宝箱に合成した状態でも変わらないらしい。

「って！　こいつ死なないんだけど！」

「弱点は首だね」

離れたところから冷静に観察していたピートは弱点を看破した。

「じゃあ、ちょーっぷ！」

ナツミは、自身の腕で手刀を繰り出し、ウッドゴーレムの首を打った。

ウッドゴーレムの首が軋みを上げる。

ナツミもモンスターであり、腕力はそれなりにあるようだ。

何度か手刀を繰り返していると、ウッドゴーレムの首がぽきりと折れ、床に転がった。

ウッドゴーレムの体は砂と化して崩れ、風に吹かれて散っていった。

「＋になってる腕は、くっついた状態でも威力はそのままみたいだね。でも、くっつけちゃうとそれ以上強化できないからなぁ」

「ねぇねぇ。さらにこの腕に武器を持てばもっと強くなるんじゃないかな」

戦闘を終えたナツミが戻ってきた。

「そうだね。腕自体を強化するよりも、強化した武器を持ったほうがてっとり早いかな」

『あんまり強化するのもどうかと思いますよ。いつ寝首をかかれるか……』

「くっつけたパーツを外せたら簡単なんだけど……あ、外れた」

「なんで!?」

宝箱に付いていた右手がピートの手の中にあった。どうにかならないかと触っていたら、ぽろりと外れたのだ。

アイアンゴーレムの右手＋1
効果：打撃＋2
真技：なし

ステータスは、くっつける前と同じようだった。

「どうにか外れないかなと思いながら触ってたら外れたよ。合成の反対なら分解かな。そういう能力もあるのかも」

できるものだと認識してしまえば、分解をスキルとして使用するのは簡単なことだった。分解はアイテムにオーラを流し込み、結合部分で反発させるイメージだ。

ピートは分解と合成について色々と試してみた。

わかったのは、分解できるのは単純に結合しているアイテムだけということだった。

合成されていないものはそもそも分解できないし、合成で姿が変わってしまったザガンの短槍のようなアイテムも分解できない。合成で＋値が強化されたものも同様だった。

「だから特に何も考えずに適当に付け外ししてもいいんじゃないかな」

「うん。けど、これ以上手足増やすのはやめてね。増えすぎるとさすがに混乱してくるから」

ナツミが入っている宝箱には、底面に足が四本、前面に手が二本、左右の側面に一本ずつ生えていた。

「そう？　背面にも付けようかと思ってたんだけど」

「いやー、それはさすがに無理だと思うよ」

「じゃあ、今の配置を基本に強化していこうか。まずはアイアン製で統一かな」

「うん。統一感が欲しいよね」

ウッド、ストーン、アイアンと、手足の材質はバラバラだった。

適当に付けていたらこうなってしまったのだ。

入手した中ではアイアン製が強度、威力ともに高いのでこれをベースに合成して強化していけばいいだろうとピートは考えていた。

「で、一度地上に行こうと思ってるんだ」

楽しくなってきてゴーレム素材を集めまくっていたが、ナツミの状況について聞くために村に戻ろうとは思っていたのだ。

「それはいいけど、私はどうするの？」

「センテに説明するには一緒に来てくれたほうがいいんだけど」

「でもなぁ。階段上ると魔力吸われるからなぁ」

「じゃあ待っててもらってもいいけど」

「一人になって、またダンジョンキーパーがやってきたらどうすんのよ！」

「宝箱合成で強くなってるから、大丈夫じゃないかな？　少なくとも逃げ足は速くなってると思うけど」

「いやいやいや！　無理でしょ！　自慢じゃないけど、私、ここの構造とか覚えてないからね！　逃げ足速くたってどっかで追い詰められて殺されちゃうよ」

「魔力が問題なんだよね。だったらこれを使えばどうにかならない？」

ピートはウエストバッグから青い液体の入った瓶を取り出した。

青ポーション
効果：魔力回復＋1
真技：なし

「魔力が回復するらしいよ」

グニラから適当に買ったアイテムの一つだった。ピートは魔法を使わないので、効果のほどはよくわかっていなかった。

「うーん。じゃあちょっと試してみようかな」

しばらく悩んだ後に、ナツミは言った。

＊＊＊＊＊

一層にある地上へと続く階段の前にピートたちはやってきた。

「僕にはナツミの感覚はよくわらかないんだけど、大丈夫そう？」

「まあ、やってみるしかないよね。この間はやばそうな予感だけで引き返したんだけど、上ってみれば案外大したことないって可能性もあるし」

『あの。おかしな宝箱に入ったマーメイドを村に連れていくつもりなんですか？』

「ぱっと見た感じはモンスターには見えないから大丈夫じゃないかなぁ」

『モンスターじゃなくても、ものすごく怪しいんですが！』

言われてみると、あれこれ聞かれそうな気もするし、誤魔化すのも面倒そうだとピートは思った。

「じゃあ、ナツミの下半身を何かで隠して僕が抱えていくのはどうかな」

『それでしたら大丈夫でしょうか』

「ナツミもそれでいい？」

「うん。なんか慣れちゃってたけど、客観的に見ればむちゃくちゃ怪しいよね、これ」

ナツミも納得したので、宝箱は置いていくことにした。

宝箱の手足は外して、ウエストバッグに収納し、宝箱自体はそこらの部屋に入れておいた。宝箱そのものは選帝宮内にいくらでもあるものなので、失ったとしても惜しくはない。

ナツミの下半身を覆うにはマントを使う。これも修練場で役に立つアイテムとして買わされた物だった。

マントを巻き付ければ、ロングスカートを纏っているように見えなくもない。わざわざ剥ぎ取ろうとする者などいないだろうし、とりあえずはこれで大丈夫だろう。

ピートはナツミを前に抱きかかえた。いわゆるお姫様抱っこの状態である。ナツミは青ポーションの瓶を三本抱えていた。

「じゃあいくよ」

ピートはナツミを抱えたまま階段を上りはじめた。

「大丈夫？」

「うん。魔力が吸われてる感じはないよ。ただ嫌な予感は強くなってる。そりゃレガリアの支配領域にモンスターは近づかないよねって感じ」

ナツミは不安そうな顔をしてはいるが、苦しんではいないようだ。ピートはそのまま階段を上り続けた。

しばらく上り続けると、何事もなく地上に辿り着いた。

辺りは夕陽で照らされている。時間のことはあまり考えていなかったが、一般的な修練者は探索を切り上げて戻ってくる頃合いだ。

「あ、やばい！　来た！　吸われてる！　めっちゃ吸われてる！」

地上に着いたところで、ナツミが慌てだした。

「ねえ！　私しぼんでない!?　ぎゅんぎゅんいかれてる感じなんだけど！」

「おっぱいは大きいままだよ」

『それは今どうでもよくないですか!?』

「ちょっと急ごうか」

ピートが駆け出すと、ナツミは青ポーションを飲み始めた。

「どんな感じ？」

「ちょっとはましになったけど、このままだとやばい！」

「どうしたもんかな。青ポーション一本でどれぐらい持ちそう？」

「五分ぐらいかな！」

ピートが持っていた三本の青ポーションは全てナツミに渡してあった。それを全て飲み干せば十五分程度は地上にいられそうだが、二本目を飲む頃には選帝宮に引き返し始めなければならないだろう。

「じゃあ、まずグニラのところに行こう」

村まではすぐに辿り着いたが、ピートは首屋に行く前にグニラの店に飛び込んだ。

「え？　え？　なに？　なんでお姫様抱っこ？」

グニラはいきなりやってきたピートを見て目を白黒とさせていた。

「青ポーションをあるだけ欲しいんだけど！」

「あ、はい、在庫はどれぐらいあったかな――」

「すぐ出せるだけでいいから、急いで！」

「じゃあ十本ですけど。一本千リルなので、一万リルです」

　ピートはナツミを床に下ろし、金貨をカウンターに置いた。出てきた青ポーションを片っ端からウエストバッグに入れ、ナツミを抱き上げて店を飛び出す。そのまま首屋に直行し、センテの部屋に突入した。

「……」

　センテは、無言でピートを見つめている。表情にあまり変化は見られないが、どこか呆れているようにも見えた。

「センテに頼みがあって来たんだ」

「頼みとはなんでしょう？」

「ナツミはモンスターなんだけど、僕の仲間ってことにできないかな？」

　ピートは、ナツミに巻き付けていたマントを外した。これが一番わかりやすいだろうと思ってのことだ。

「それはまた……予想外の頼みですね」

　そして、センテはぴくりとも動かなくなった。まるで石像にでもなったかのように、微動だにしなくなったのだ。

「え？　これどうなったの？　てか、私は大丈夫なの？」

飲み干したようなので、ピートは新しいポーションをナツミに渡した。

「駄目なら、急いで選帝宮に帰るしかないね。ポーションは買い足したから、帰るぐらいの時間は稼げると思うんだけど」

ナツミがポーションを飲み続ける。不安になってくるほどの時間が経った後、センテはようやく動き出した。

「すみませんでした。選帝宮の運営担当、わかりやすくいえばブラックセンテと話し合いをしておりました」

『ブラックセンテ……特にわかりやすくはなっていないような……』

「ブラックセンテが言うには、ナツミには結構な初期コストがかかっているので速《すみ》やかに引き渡すようにと」

「え？　でも、いきなり殺そうとしてたよね⁉」

ダンジョンキーパーとやらがナツミを消去しようとしていたことをピートも思い出した。

「ダンジョンキーパーは自律的に行動しているため私の意思ではない。そうブラックセンテが言い訳をしています」

「なんかさ……そのブラックセンテ？　私のことどうでもよかったんじゃ……聞かれたから急に惜しくなったんじゃ……」

だとすればやぶ蛇だったのかもしれない。

「ですが、私、センテは修練者の味方です。修練場に挑もうとする者は全て修練者であり、分け隔てをすることはありません。それがたとえモンスターであろうとも」

「おお！　ということは⁉」

「はい。ナツミが修練者であると認めましょう。この件についてはブラックセンテが異議を唱えたところで無駄です。修練者に関する業務は全て私、ホワイトセンテの担当なのですから」

『とうとうホワイトとか言い出しましたよ、この人……』

「おお⁉　で、そうなるとどうなるの？」

「一般的な修練者と同等の権利を得られます。ジョブチェンジ、レベルアップ、パーティ登録などですね。ダンジョンキーパーも修練者として認識しますので、攻撃を仕掛けない限りは襲ってきません」

「じゃあ、モンスターを倒してレベルアップするってこと？」

「その通りです」

「てことは私の時代が来たんじゃない？　ピートを利用してモンスターを倒しまくれば強くなれるんじゃない？」

『利用とか言っちゃってますよ、この人……』

「ただ、ブラックセンテは怒っているようですので、その対応はおまかせします。申し訳ありませんが、私は選帝宮内に手出しできないのです」

「え⁉」

「もちろん、管理者といえども修練者を不正に排除することはできませんが、嫌がらせぐらいのことはしてくるかもしれません」

「うわぁ……でも、修練者になっちゃったし腹をくくるしかないのかぁ……あ、そういやジョブチェンジできるって言ってたけど、私にもジョブがあるの？」

「はい。あなたのジョブは、寄居人魚《ハーミットマーメイド》ですね」

「え？　種族名だよね。じゃあ、ジョブチェンジするとどうなるわけ？」

「さぁ？　初めてのケースですのでどうなるのかは、私にもわかりません」

ジョブチェンジして種族が変わってしまうと大ごとになるだろう。できるようになってもジョブチェンジはさせないほうがいいだろうとピートは考えた。

「それと今回は特例として魔力の強制徴収対象から外しました」

「あ、魔力が吸われなくなった！　でもそれでいいの？」

「修練者と認めると言ったのですから、そこらで野垂《のた》れ死なれても困ります。もちろん一般の修練者と同じ扱いになりますから、村で人を襲ったりすれば処分の対象になりますよ？」

「あ、それは大丈夫。もうそーゆー本能はまるっきりないから」

「じゃあナツミとパーティ登録をするけど、それでいい？」

「ＯＫ！　よろしくねー！」

ナツミが、正式にピートのパーティに参加することになった。

＊＊＊＊＊

ピートが酒場に行くと、修練者たちがやってきていた。丁度、帰還する頃合いだったようだ。

ちなみに、ナツミは部屋で待機している。修練者になったとはいえ、人魚がそこらを出歩いていると余計な事件に発展しそうだからだ。

　ピートは、いつものようにトルデリーゼの向かいの席に座った。

「やあ。調子はどう？」

「あまりよろしくはないですわね」

「怪我でもした？」

「私たちのパーティは健康そのものですわ。ですが、攻略には行き詰まっていて、どうしようもない状況ですの」

「そういう言っていいいんだっけ？」

「よくはなかったのですけどね。潮目《しおめ》が変わってきたのですわ」

　攻略情報は隠すのがここでの常識だった。

　だが、どのパーティもろくに探索が進んでおらず、このままではどうしようもないという雰囲気になってきたのだ。

　そこで、少しずつではあるが、パーティ間での情報のやりとりが増えてきたとのことだった。

「どうにかなる見通しは立ってないの？」

「どのパーティも絶望的な状況らしいですわ」

「どこで詰まってるのか聞いてもいい？」

「私のパーティが、とは言いませんが、大体の方は二層から進めていないらしいですわね」

「確かに二層は訳がわからなかったよ。どこにいるかもわからなくなるし」

　慎重に進めば回転床には対応可能だが、周囲が全く見えなくなるダークゾーンと組み合わさるとどうすることもできなかった。

「で、三層で皆さんお手上げというわけです」

「三層を進めない理由は？」

「単純ですわ。通路の罠が増えるのです。落とし穴、ランダム回転床、転移床あたりですわね。二層までは何度も挑戦していればどうにか道を覚えることはできたのですが……強制的に転移させられては、どうしようもありませんわ」

「うーん。確かにそれは面倒だね」

特に厄介に思えるのがランダム回転床だろう。ダークゾーンと組み合わされれば、地図があろうと簡単に方角を見失ってしまう。

「そんなわけで、何か攻略方法はないかと情報交換をし始めるようになったわけです。他のパーティを出し抜いて自分だけが先に進みたいというのが本音ではありますが、一パーティだけが先行し続けている状況ではそうも言っていられなくなったのです」

トルデリーゼがちらりと酒場の隅へと目をやる。そこには、グラッドたちが座っていた。相変わらず、ソーナは床に跪いている。

彼らも定期的にこの街に戻りつつ探索を進めているのだ。

「なるほど。やけにするすると進んで行くと思ってたけど、何か攻略法を知ってるってことか」

「ええ。彼らは現在位置と周囲の様子を把握している節があるのです。グラッドのパーティにいる女性。彼女のジョブが地図士《マッパー》らしいという噂ですわ」

グラッドもそんなことを吹聴《ふいちょう》したりはしないだろうし、あくまで噂なのだろう。だが、そう言われてピートは納得していた。

「地図士《マッパー》って言うぐらいだから地図に関することが得意なジョブかな」

「地図士《マッパー》はレアなジョブで詳細はわかっていないのですが、どうやら周囲の様子が壁の向こう側だろうとわかるらしいのです。で、そんな噂を真に受けて勧誘祭りが始まりましたわ。どうにか彼女を引き抜こうと皆が躍起《やっき》になっているというわけですわ」

「引き抜きってそんなのありなの？　ここじゃ仲間を集めにくいって聞いたけど」

「ありですわね。条件がいいならよそに行くのは当たり前の話かと思いますわ」

そんな話をしていると、グラッドたちの所に見るからに豪華な鎧を着た男がやってきた。

「あれは？」

「現皇帝の孫で、ルドルフという方ですわ。装備も人員も最高のものを用意して順調に進んでいたようなんですが、結局は彼らも三層で足止めを食ってるらしいのです」

皇帝の孫だろうと、トルデリーゼはそれほど敬意を払っているようには見えなかった。

「しつけぇな。こいつは俺の奴隷なんだ、ごちゃごちゃぬかしてんじゃねぇよ」

グラッドがあからさまな敵意を見せたが、ルドルフは涼しげな顔をしていた。

ルドルフの実力の程はよくわからないが、少なくともグラッドを恐れてはいないようだ。

「この国には奴隷などという醜悪な制度はありませんよ。ですので、私が誰と交渉しようと自由です」

「ちっ」

グラッドは舌打ちしただけで押し黙った。ここで無駄な争いをするつもりはないようだ。

「ソーナさん」

「は、はい」

「あなたは奴隷だったのかもしれませんが、この国へやってきたことで解放されているのです。よって、この男に仕える義務などはありません。見たところあまりいい扱いは受けておられないようです。ですが、私のパーティに来ていただけるのであれば、十分な報酬をお約束いたしましょう。もちろん、夜伽《よとぎ》を命じるようなこともありません。地図士《マッパー》としての力をお貸しいただきたいと考えていますので、選帝宮には付いてきていただきますが、できうる限りの身の安全は保証いたします」

「その――」

ソーナが何かを言いかけたところで、グラッドがソーナを蹴りつけた。

床に跪いていたソーナは派手に吹き飛び、ピートは咄嗟に飛び出してソーナを受け止めた。

「なに勝手に返事しようとしてやがんだ、てめぇ！」

「何をするんだ！」

ルドルフが憤った。

「気にすんな。パーティ内でのただの諍いだ。奴隷がどうとかは関係ねぇよ。それとも内輪のことにまで干渉できるってのかてめぇらはよ」

「それは――」

ルドルフが口ごもった。確かにこれ以上の干渉はできないと思ったのだろう。

「大丈夫？」

ピートはソーナの顔を覗き込んだ。

顔を殴られ、鼻血が垂れていた。鼻骨が折れているかもしれない。

「ありが――」

ソーナは礼を言いかけて口を閉ざした。勝手に返事をするなと言われたことを思い出したようだ。

「一言、移籍するっていえば助かるかもしれないよ？」

しかし、ソーナは首を横に振った。

逃げ出せば、誰かに助けを求めれば、助かる可能性はあるのかもしれない。

だが、今さら何をする気にもなれないほどに彼女の心は摩滅《まめつ》しているのだ。今も痛みを感じているはずなのに、ソーナはほとんど無表情だった。

ピートがソーナを床に下ろすと、ソーナは軽く会釈《えしゃく》をしてグラッドのもとに戻っていった。

「いいかてめぇら！　こいつを渡すぐらいなら殺すぞ！　二度と余計なことをしてくんじゃねぇ！」

グラッドは酒場内に響く声で叫び、仲間を連れて去って行った。

ピートは席に戻った。

「本来、他のパーティからメンバーを引き抜くのは褒められた話ではありませんから、怒る気持ちもわかりはしますけどね」

ソーナには生気がなかった。あれでは生きながら死んでいるようなものだろう。

美人なのにもったいない。

ピートはそんなことを考えていた。

＊＊＊＊＊

一層でナツミの宝箱を回収して手足を付け、ピートたちは最短ルートを通って選帝宮の三層にやってきた。

「色々買って戻ってきたのはいいけどどうすんの？」

『先に進めないのなら潔く諦めるのも手ですよ？　他の準備万端の人たちにだって無理なんですから。なので、大魔王を倒すためにケルン王国に行くというのはどうですか！』

「うーん。別に底の底にまで行こうとは思ってないんだよ。けど、ほんの数層程度を進めないってのも嫌かな、と思ってさ」

ピートには使命も目的もない。ただその時々で興味が向いたことをしているだけだった。

今はなんとなく選帝宮の下層に行こうと思っているが、飽きればやめるだろうし、無理をしてまで行くつもりはなかった。

『じゃあ、結局下に行こうとはするんですね』

「そうだね。まったくどうしようもないってことじゃないのはわかったし」

『地図士《マッパー》ですか？』

「うん。ジョブってことだから、なんらかの条件を満たせばなれるかもしれないだろ」

「地図士《マッパー》ねぇ。やっぱ地図を描きまくるとかそーゆーこと？」

『裸でうろつけば露出狂《フラッシャー》になれますしね……』

「それってジョブなの⁉」

『なんですよ。訳がわかりませんが』

「とりあえず紙とペンを買ってきたから、これで地図を描きながら進んでみるよ」

『そんな程度でなれるなら、レアジョブとか言われてないと思いますけどね』

「これは一応やっとこうってとこだね。さすがに地図を脳内で描くだけってのには限界があるから、描いて損はないよ」

「それ、もっと前からやっとけって話だよね」

『じゃあどうするんですか？』

「手っ取り早いのは地図士《マッパー》を仲間にすることかな。現状で一番可能性があると思うよ」

『そりゃあピートが地図士《マッパー》になるよりは可能性があるかもしれませんけど……今わかっている地図士《マッパー》はソーナという子だけなのでは』

「うん。だからグラッドたちを倒しちゃえばあの子も気兼ねなく移籍できるよ」

『ならず者の発想じゃないですか！　およそ勇者の考えることじゃありませんよ！』

「だったら困ってる子を助けるのは勇者っぽくないかな？」

『……素直に信じきれない……どうせ体が目当てとかそんなことなんじゃ……』

「でもさ。勝てないでしょ。現実的に」

ナツミは懐疑的だった。

「ピートが強いのはわかってる。でも、あれが化け物だってのもわかるよ」

ピートたちは、気配を消し、十分な距離をとってグラッドたちを尾行していた。そのためグラッドたちの戦いをその目で見たことはない。

だが、グラッドの放つオーラは常に肌で感じていたのだ。ピートも、正面から戦って勝てるとは思っていなかった。

「そのあたりはこれから考えるよ。とりあえずは三層の探索を再開して、ナツミの装備を充実させよう！」

「ま、私は大したことせずに強くなれるんだから、文句はないけどね」

ピートたちは、三層を適当に歩き始めた。

＊＊＊＊＊

「アイアンパンチ！」

ナツミが宝箱を操り、パンチを繰り出す。

＋５に強化されたアイアンゴーレムの腕が、ウッドゴーレムの頭部をあっさりと粉砕した。

部屋の中にいたウッドゴーレム三体が霧散していく。これらは、全てナツミが倒していた。

「だんだん僕の出る幕がなくなってきたね」

三層をうろつき回ってアイテムを集め、宝箱の手足は全てアイアン製で統一されていた。

手足の操作に慣れてきた今では、ナツミ単独での戦闘も可能になっている。

「でも、合成はピートにしかできないじゃん」

「そうなのかな。ナツミもやってみたらできるってことは？」

「そう？　じゃあちょっとやってみようかな？」

「アイテム同士を触れ合わせて、オーラを流し込んで引き寄せる感じなんだけど」

ピートはナツミに、ストーンゴーレムの右腕を二本渡した。

「それ、簡単にできちゃう人が誰でもできるでしょ、みたいなノリで言うやつだ……」

ナツミが二本の腕をくっつける。同じ種類のアイテムなので成功すれば二本の腕が一つになって＋値が上がるのだが、眉間に皺《しわ》を寄せながらあれこれ試しても、二本の腕にはなんの変化も表れなかった。

「無理！　できる気がしない！」

「宝箱にくっつけるのは？」

「……駄目だね」

「分解は？　引っ張ったら外れるとか？」

「ぬぁあああああ！」

ナツミが、宝箱にくっついている腕を、自らの手で掴んでひっぱる。

だが、腕はそのままで外れる気配はまるでない。

「駄目！　外れる感じはまったくない！」

「そうかぁ。引っ張って駄目なら押してみるとか？」

「押したからってどうなるって――引っ込んだ!?」

ナツミが押しつけるように持っていた腕が、宝箱にめりこんで消えてしまったのだ。

「え？　なに？　なんかに目覚めた？　私！」

『でも、合成でも分解でもないようですが……』

「いやぁ！　やればできる気がしてたんだよね！」

よほど嬉しいのか、ナツミは弾けるような笑顔を見せていた。

「引っ込んだ腕はどこに行ったの？」

「んー？　宝箱の中？」

検証した結果、収納能力の一種だと判明した。

ナツミは容れ物の内部に自分が入れる収納用の空間を作りだしているのだが、合成で表面にくっついている物を中にしまい込めるようになっていたのだ。

『これは何かの役に立つんですか？』

「立つと思うよ。手足を引っ込めたら宝箱のフリができるし、用途に応じて腕を入れ替えるとかできるんじゃないかな」

「普段は二本足で、速く動くときは六本に増やすとか？」

「折られた時に、新しい腕を生やすとか」

合成したもの限定とはいえ、自由に出し入れできるのなら使い道はいくらでもあるはずだった。

「で、さっき倒した奴だけど、こんなのをドロップしたよ」

「あれ？　何も出てなかったような」

「小さいからね」

ピートがナツミの前で手を開く。

そこにあるのは小さな球体、眼球のようなものだった。

「眼？　って、あいつらのっぺらぼうやん！　眼とかなかったでしょ！」

「こういうのも出るってことは、なんか使い道があるんじゃないかな？」

「えー!?　宝箱にくっつけたらますます気持ち悪くなるような……」

更にゴーレム狩りを続けると、確率は低いものの眼や鼻や耳といった感覚器もドロップした。

これまでもドロップしていたのかもしれないが、小さいため見逃していたのかもしれない。

それらの存在に気づいてからは少しばかり、発見率が上がったようだ。

宝箱に合成すると、宝箱に入った状態のナツミはそれらの感覚を受け取ることができた。たとえば背面に眼を付ければ背後の光景が見えるようになるのだ。

だが、感覚器にはもっと有用な使い道があった。

合成で宝箱に取り付けた眼をナツミの力で収納すると宝箱の中に入る。それを宝箱の蓋を開けて取り出せば、その眼は宝箱から離れた状態でも使えるようになるのだ。

このことに気づいたピートは眼や耳を集め、選帝宮の各地にひっそりと仕掛けていった。

＊＊＊＊＊

ゴーレムの感覚器官を仕掛け始めてから一週間が経過した。

「どんな感じ？」

「気持ち悪い……色んな所が一気に見えてて混乱する……」

ピートたちは三層にある部屋に潜んでいた。準備が整ったので、グラッドたちの動向を調べようとしているのだ。

「一つに絞って、切り替えていけばいいんじゃないかな。僕も一緒にやってみるよ」

ナツミを経由して宝箱の足を動かせたのだから、眼も同じようにすれば見えるようになるかもしれない。ピートはナツミに触れ、オーラを流し込んだ。

「んぁ……んっ……」

ナツミが微かな吐息をもらした。

『だから、いちいち怪しい雰囲気にならないでくださいよ……』

ナツミを通してオーラを宝箱まで送り込む。宝箱から枝分かれしているように感じる部分へとさらにオーラを流し込んでいくと、視界が二重映しになった。

どうやら成功したらしい。

オーラを流し込む箇所を変えれば、対象を切り替えることも可能だ。

ただ、遠隔視を使うには集中が必要なので戦闘中に使うのは難しい。これは事前の偵察などに限定して使うことになるだろう。

ピートとナツミは手分けして各地を探った。

「見つけた！」

ナツミが見ている眼に、ピートもオーラを流し込んで同調する。

するとグラッドたちが通路を歩いているのが見えた。

周囲の灯りの色からすると一層だ。眼は通路の隅に設置しているので、見上げるような視界になっている。眼球や耳が通路に落ちていればすぐに発見されそうなものだが、修練場内は薄暗いので隅の暗がりにある物は案外見つからないのだ。

「これは、いつものように下に向かってるのかな？」

「みたいだね」

『見えないので、蚊帳《かや》の外なんですよね……』

グラッドたちの移動に合わせて、視点を切り替えていく。彼らも一層の構造は把握しているので最短経路で二層に移動していた。

そして、二層も同様に最短経路を行くのかと思えば、途中にある部屋に入って宝箱を開けているようだった。

「小転移石が目的なのかな？」

『それって階層間を転移できるアイテムですよね？』

「うん。だから二層以降の小転移石じゃないと意味がないんだ。でも、そうなるとあまりのんびりもしてられないか」

四層以降の小転移石を入手されてしまうと、グラッドたちは一層からすぐに転移してしまうはずだ。そうなると、三層の入口までしかいけないピートたちでは、襲える機会が限定されてしまう。

「それに、あいつらをどうにかしようと思ってるのは僕らだけじゃないみたいだ」

グラッドたちが立ち止まった。前方に六人の修練者が現れたのだ。いつのまにか背後にも六人がやってきて、グラッドたちの前後を塞いでいる。

「先を越されちゃったじゃん」

「あの子が助かるのならそれでいいよ」

この一団の中心人物は、皇帝の孫であるルドルフという男のようだ。結局、グラッドを始末してソーナを引き入れることにしたらしい。皇帝を目指す修練者たちは基本的には不干渉だが、目に余る輩を始末するために協力することがあるようなことをピートは聞いていた。

「なんか喋ってるみたいだけど」

「耳にも集中してみようか」

すると、現場の状況がつぶさに伝わってきた。

＊＊＊＊＊

「こんな所までご苦労なこったな」

グラッドは、面倒だと言わんばかりだった。

「さて。一応聞いておきましょうか。ソーナさんをこちらに渡してもらえませんか？　そうすれば命までは取りませんよ」

グラッドの前に立つルドルフが余裕を見せた。グラッドたちは三人で、ルドルフたちは十二人だ。この人数差ならどうにでも仕留められると思っているのだろう。

「てめぇらのことならとっくに気づいていたぜ？　逃げるつもりならどうにでもなった。だが、こんなことを続けられても鬱陶しいだけだからな」

グラッドはオーラを感じ取ることが得意なようだ。ピートのように気配を消すことを意識していなければ、簡単に気づかれてしまうことだろう。

「勝てるとでも？」

「ソーナ、俺の後ろにいろ」

ソーナはすぐさまグラッドの後ろに回った。

「心配なさらなくても、彼女に手は出しませんよ？」

「だろうよ。だから念のために後ろを守らせてる」

グラッドがそう言ったのと同時に、グラッドを後ろから囲んでいた六人の首が飛んだ。

「な――」

「ほらな？　背後には気をつけろよ」

いつの間にか、グラッドの仲間であるドナシアンの姿が消えていた。

つまり、ドナシアンが六人の首を一瞬で刎《は》ねたのだ。ピートはドナシアンが動いたところも、六人を殺した瞬間も見ていなかった。

事が終わった後に、結果を認識したに過ぎないのだ。

「とまあ、これだけじゃドナシアンがつえぇだけで俺が偉そうにしてるってことになっちまうよな。いいぜ？　かかってこいよ」

グラッドはルドルフに向かって悠然と歩き出した。

ルドルフと仲間たちが、グラッドに向けて矢や魔法を放つが、グラッドはそれを避けようともしなかった。

矢が、魔法がグラッドに直撃する。しかしグラッドはそれをものともせず、全てを重厚な鎧に受けた上で、それらを弾きながら歩いて行くのだ。

「実力を見せるみてぇなこと言っといて鎧の性能頼りでわりいな」

「くそっ！」

ルドルフの仲間が飛び出し、剣で斬りかかっていく。グラッドはそれを避けずに食らってから、悠々と大剣を振り下ろした。ダメージがないと確信しているからこその行動だろう。剣の男は、真っ二つに断ち割られ、分かれた左右が派手に吹き飛んだ。

グラッドは機敏な方ではない。どちらかと言えば敏捷性に欠けると言っていいだろう。だが、攻撃を食らいながらも余裕を持って動けるのなら、機動力の差は埋められるのだ。

そして、さらに四人の首が飛んだ。まっすぐにやってくるグラッドに皆が注意を向けた隙に、ドナシアンがやったのだ。

「動くな――」

ルドルフの首筋に短剣が触れていた。ドナシアンがルドルフの背後に立っているのだ。

「馬鹿な……そう簡単に首を刎ねるなど……暗殺者《アサシン》がいることは知ってたんだ。対策だって……」

ルドルフがぶつぶつと言っていた。この結果を信じることができないのだろう。

「お前は生かしておいてやるよ。よかったなぁ。皇帝の孫で」

ただの雑魚を生かしておいても仕方ないが、権力と発言力を持つルドルフなら自分たちの実力を喧伝するのに効果的だろう。グラッドはそう考えたようだった。

＊＊＊＊＊

「勝てるかっ！　あんなのにっ！」

グラッドたちの戦いを見たナツミが吠えた。

「どうなってんの、あれ！　化け物じゃん！　動く要塞じゃん！」

「あの鎧はどうにかしないと駄目っぽいね」

鎧は攻撃を無効化していた。全ての攻撃を無効化するとは考えにくいが、よほどの攻撃でないと鎧に阻まれてしまうだろう。

「暗殺者《アサシン》のほうは！　あれどうなってんの！　動き見えなかったんだけど!?」

「うーん。直接見たらどうにかなりそうな気もするんだけど」

遠隔での観察だったので抜け落ちている情報がいくつもあるだろう。直接相対して、まったく対応できないとまではピートは思っていなかった。

「首刎ねは！　あんなの対策しようがないでしょ!?　刎ねられたら死んじゃうんだよ！」

「あれって後ろに回ってから、首を刎ねてるわけだよね。後ろからのほうが成功率が上がるのかな？」

「あー。基本的に防御スキルとかって、認識できてる攻撃を防ぐものなんだよ。だから、後ろからとか、不意打ちとかは威力が倍増するんだよね」

「なるほど。グラッドも後ろは気にしてたみたいだしね」

本気かどうかはわからないが、ソーナを後ろに回して盾にしていたようだ。

「もうちょっとあいつらの行動を見てみようか」

彼らの行動パターンを知ることで、襲撃の成功率を上げられるだろう。ピートたちはグラッドたちの観察を続けた。

ピートたちに見えるのは三層の途中まででしかないが、それでもわかることは多々ある。

グラッドたちは、朝から選帝宮に入り、夕方になる頃には村に戻っていた。

三層までのモンスターは簡単にあしらっていて、苦戦している様子はまるで見られなかった。

修練者がグラッドたちに襲いかかることはなかった。その脅威は十分に知らしめられたのだろう。

地図は完全に把握しているようで、回転床があろうと迷うことなく最短経路を進んでいた。

二層からは宝箱のある部屋に入ってアイテムを回収していた。

「じゃあそろそろ具体的にどうするかを決めていこうかな」

敵の情報を得て対策を練るのは大事だが、いつまでも情報収集を続けていては機を逃すだろう。

どこかで踏ん切りをつけなくてはならないのだ。

「まずどこかで待ち伏せするのは確定だと思うんだけど」

グラッドたちの行動パターンはほぼ確定している。決まった順路で下層へ向かい、途中の宝箱のある部屋に立ち寄っていくのだ。

そのどこかで待ち伏せるのはそれほど難しくはないだろう。

「待ち伏せたって勝てるの？　あいつら相当強いよ？」

ナツミは、勝てるとはまったく思っていないようだった。

「そうだなぁ。おおざっぱにしかわからないけど。グラッドがレベル６００、ドナシアンが５００、さっき負けてたルドルフで３００ぐらいかな」

感じ取ったオーラ量をレベルに換算すればそんなところだろうとピートは考えていた。

「ピートはどれぐらいなんだっけ？」

『現時点でのレベルは１４９ですね』

「どう考えたって無理じゃん！」

「絶対に無理ってことはないと思うんだよ。レベルってのはオーラの量を表してて、オーラが多ければできることは増えるけど、オーラ量の分だけ単純に強くなるわけじゃないし」

ピートはレベル１の時点で、レベル１００の修練者を倒している。

つまりオーラに頼らない肉体そのものの強さだけでレベル１００程度の差は埋められるということだ。

「まともに戦って勝てそうにないのは事実だし、しかも相手は二人だ。でも、こっちもナツミがいるし、なんとかなるかな？」

「なるかなぁ？　私をカウントして互角扱いされても困るんだけど」

「まあ、死んだらそれまでだし、気楽にいこうよ」

「死にたくないんだけど!?」

ざっくりとした作戦を立て、ピートたちは準備をすることにした。

＊＊＊＊

ナツミは宙に浮かぶマグロがいる部屋の隅に、宝箱として設置されていた。

この状況を作るにはいくつかの手順が必要だった。

まずマグロを全滅させ、次に最初から部屋に置いてあった宝箱を、ナツミの宝箱に合成する。

そして、ナツミは宝箱の中に入って待機した。

そのまま待ち続けると、ダンジョンキーパーがやってきてマグロとアイテムを補充するというわけだ。

この作戦で問題となるのが、ダンジョンキーパーが宝箱にアイテムを入れる時に気づかれてしまうのではないかということなのだが、ダンジョンキーパーは宝箱に異常があるとは思わなかったようで、赤ポーションを入れて去って行った。

この状況なら、まず部屋の中に異常があるとは誰も思わないことであろう。

ガーディアンモンスターがいる部屋の宝箱は手つかずなのが修練者にとっての常識だからだ。

「これ、大丈夫かな……行き当たりばったりすぎないかな、この作戦……」

不安になってくるも、今さらやめるわけにもいかなかった。

「問題は、あいつらが来るとは限らないってことなんだけど」

グラッドたちは下層へ向かう際には必ずこの部屋に立ち寄っている。

だが、他の修練者が先にやってきてマグロを倒してしまえば、この部屋は無価値となる。そうなれば後からやってきたグラッドたちは宝箱を無視して先に進んでしまうだろう。

選帝宮の様々な場所に設置してある眼を使えばグラッドたちの動向を把握できるのだが、今のナツミにはそれができなかった。

宝箱に完全に隠れている状態だと、防御力の向上と引き換えに他の能力が使えなくなるのだ。

暇を持て余しながら待ち続けること半日。ようやく部屋の扉が開かれた。

入ってきたのは三人。

それはナツミが待ち望んでいた者たちだ。聖騎士《パラディン》のグラッド、暗殺者《アサシン》のドナシアン、奴隷のソーナだった。

グラッドは街で見た時と同じく、白い鎧に身を包み大剣を持っている。

ドナシアンは黒いローブを着ていて装備などはよくわからず、ソーナは防御力などまるでなさそうなワンピースを着ていた。

――これで作戦が失敗したら私だけさくっとやられちゃうんだけど……。

グラッドたちはあっさりと巨大マグロを片付けた。

やはり戦うのはグラッドとドナシアンの二人だけで、ソーナは扉付近でじっとしているだけだ。

戦いが終わり、グラッドとドナシアンはナツミのいる宝箱に近づいてきた。

グラッドは途中で止まり、ドナシアンだけが、ナツミの前までやってきてしゃがみ込む。

そして宝箱の鍵穴にキーピックを差し入れてきた。

キーピックが何度か動かされ、それにより毒霧の罠が解除されたのがわかった。

ドナシアンが宝箱の蓋を開く。

そして、ナツミと目が合った。

「こんちわー！」

「なっ！　ミミックだと――!?」

ミミックが化けた宝箱は、熟練の暗殺者《アサシン》であれば簡単に見分けがつくものらしい。

だが、ナツミが入っている宝箱は本物であり、だからこそドナシアンは想定外の状況に困惑したのだ。

「アラーム！　麻痺霧！　石礫《いしつぶて》あーんど弩《いしゆみ》あーんど大爆発！　石化！　そしてテレポーター！

どっか飛んでけー！」

ナツミはありったけのトラップを食らわせた。

通常、宝箱に罠は一つだけだ。だがこの宝箱はそうではない。毒霧の罠は解除されたが、他に罠が残っているのだ。

ドナシアンは麻痺の抵抗に失敗し、そこから先は悲惨の一言だった。

動けなくなったところに、石礫をしこたま食らい、矢が突き刺さり、爆発で体中を焼かれ、石化し、最後にテレポーターでどこかに飛ばされたのだ。死にはしなくとも戦線復帰はしばらく無理だろう。

宝箱を合成すれば罠が重複する。それを利用してドナシアンを無力化するのが、作戦の第一段階だった。

「ドナシアン！」

グラッドが一瞬戸惑う。

ナツミはその隙に手足を生やし、強化した鉄の腕で殴りかかった。

まともに戦えば勝機はないが、いきなり仲間が消え失せれば混乱するはずであり、攻撃が通用するかもしれない。

「しゃらくせぇんだよ！」

しかし、そんな期待は儚く潰《つい》えた。

ナツミの腕が届く前に、グラッドの蹴りが宝箱の正面を捉えていたのだ。

ナツミは吹き飛ばされて壁に激突し、ずるりと床に落ちた。

宝箱はひしゃげ、使い物にならなくなり、アラームも停止する。

「あー。駄目かぁ……」

少しばかり混乱していても、ナツミ程度の攻撃は通用しなかったようだ。

「でもまぁ、後は任せた」

部屋の扉が開かれ、何かが飛んでくる。

その気配に気づいて振り向いたグラッドの目の前で、何かが爆発した。

＊＊＊＊＊

アラームが部屋の中から鳴り響く。別の部屋で気配を消していたピートは、それを合図に駆け出した。

「真技解放、アタックプラス」

ポーチからマキビシを取り出し真技を解放する。攻撃力が増加する真技だが、多少の攻撃力アップを狙ってのことではない。

扉を開け、瞬時に内部の状況を把握し、ピートはマキビシをグラッドに投げつけた。

マキビシは狙い通りにグラッドの頭部へ飛んでいき、気づいて振り向いた顔面の前で爆発した。

爆発までの時間差を考慮して、予《あらかじ》め真技解放を行っていたのだ。

ピートは短槍を手にして踏み込んだ。

真技解放の爆発はあくまで副作用。効かない相手もいることは想定済みだ。

ピートは、突然の爆発で混乱しているグラッドの胸部をめがけて短槍を突き出した。

狙い過たず、ザガンの短槍の貫手は心臓の真上に直撃する。

だが、聖騎士《パラディン》の鎧は短槍の侵入を阻んだ。かなりの防御力なのか、爪の先ほども食い込んではいかない。

聖騎士の鎧
効果：全属性抵抗＋20
真技：ブラッドエッジ（未解放）

短槍が触れたことにより、アイテムのステータスが見えた。

鎧が無類の防御力を有しているのは知っている。攻撃が通じないことは想定済みであり、まずは鎧を攻略せねばならない。

「真技解放、ブラッドエッジ」

詠唱と同時にピートは飛び下がった。

グラッドの鎧の至る所から刃が飛び出した。それがブラッドエッジなのだろう。

混乱から立ち直っていないグラッドが、苦し紛れに大剣を振り回す。

大柄な体、長い腕、長大な大剣。それらの要素を加味しても当たらない距離までピートは下がっている。

だが、何かがくる気配をピートは感じ取った。

左側から首をめがけてやってくる何かを、ピートは左腕に着けているザガンの篭手で受けた。

その瞬間、嫌な予感を覚えたピートは咄嗟にしゃがみ込んだ。

「なんだてめぇ！」

眼前の爆煙が晴れてグラッドがピートを睨み付ける。

そして、鎧は爆裂した。

「ぐあああアッ！」

グラッドが苦鳴を上げる。

好機のはずだった。堅牢な防御を誇る鎧が壊れたのだ。ここで追撃してとどめを刺すべきであり、躊躇《ちゅうちょ》する理由はない。

ピートは立ち上がり攻め込もうとして、左腕に違和感を覚えた。

ぼとんと、何かが落ちる音がしてピートは床に目をやった。

血まみれの篭手が落ちている。

左腕を見てみれば前腕の半ばで断ち切られていた。血は止まりつつあるが、ゆっくりと痛み始めている。

不思議なことに、手甲そのものは傷一つついていない。中の腕だけが切り落とされたのだ。

再度の爆煙の中からグラッドが出てきた。

鎧の下に着ていたジャケットは破れ素肌が露出しているが、肉体そのものは無傷だった。

体に密着している鎧が爆発すれば致命的なダメージを与えられるとピートは思っていたが、グラッドの肉体は想定以上に頑丈なようだった。

「ソーナ！　扉を死守しろ！　死んでも通すな！」

扉の近くにいたソーナが、指示に従い扉の前に移動した。

「なんのつもりだてめぇ！」

「ソーナを自由にしてあげてくれないかな？　そうしたら命だけは助けてあげるよ」

ピートは右手に持つ短槍をグラッドに向けて言った。

「この国の奴らはどいつもこいつも！　そんなに奴隷が気にいらねーかよ！　あぁ？　てめえらのめでてぇ頭がさっぱり理解できねーな！」

「奴隷についてはどうだっていいよ。君の思想も、君の国の文化や風習に興味も文句もない。僕は、僕が欲しいと思う物を君から奪おうってだけだよ」

『もうこれ、ただの強盗ですよね……』

そう言いつつもピートはこれからどうしようかと考えていた。

一ブロック、五メートル四方の広さの部屋。

出口はソーナが塞いでいるので、脱出は難しいだろう。ソーナを倒すのは可能だろうがそんなことをするつもりは毛頭ない。

それにソーナと戦っていては、背後からグラッドに襲われる。

ではグラッドと戦うしかなさそうだが、ピートは左腕を失っていた。短槍を操るのに制限が出るだろう。攻撃力、防御力ともに半減しているといっていい。

対するグラッドは、鎧を失ってはいるが無傷だ。身につけた鎧が爆発しても耐えきれるのだから、グラッドの防御力は鎧に依存したものではないのだろう。聖騎士《パラディン》というジョブが彼に類稀な防御力を与えているのだ。

切り札である真技解放はすでに二度見せてしまっている。グラッドも警戒してくるだろうし、頼ることはできないだろう。

ピートの左腕を切り落とした攻撃は、かなり遠くまで届く上に、防具を無視して肉体を切り裂くようだ。

もっとも、ろくに防具を装備していないピートにとってはどれほどの威力だろうが関係はない。全て躱すしかないのだ。

——まあ、やるだけやってみるしかないか。

ピートは駆け出すと同時に短槍を回した。

穂先で地面を払うように、下から上へと短槍を回転させる。

穂先は落ちていた篭手をかすめ、篭手はグラッドの腹をめがけて飛んでいった。

ディーン流三の型、弧龍《こりゅう》。

ふざけたことにこの基本技は、腕を切り落とされた場合を想定した技であり、本来は落ちた腕を短槍で突き刺し、敵に投げつけるという技だ。

だが、ザガンの短槍には手があるため、掴んで投げることが可能だった。

続けて、ピートはディーン流二の型を使う。片手に持った短槍を手の内で滑らせて到達距離を少しばかり延ばすというものだ。

グラッドは腹に飛んできた篭手を避けなかった。腹への攻撃はフェイントと見なし、首を振って短槍を躱したのだ。

「!?」

そしてグラッドは飛び退いた。無表情を装ってはいるが、驚きを隠しきれていない。

グラッドの頬には赤い線が四本走っていた。

ザガンの短槍は穂先が手になっている。ピートは指を曲げ、グラッドの頬を引っ掻いたのだ。

ピートはグラッドに跳ね返されて床に落ちた篭手を短槍で掴んでから、後退した。

「ギリギリで躱すってのも場合によりけりだよね」

そう言いながらピートは切れた腕に篭手をはめ、さりげなく指を動かした。

仕組みはザガンの短槍と同じで、オーラを通せば篭手を直接操ることができるのだ。

グラッドの顔がぴくりと動いた。

切れた腕がくっついたとでも思ったのだろう。

「どんな手品だそりゃ」

「秘密」

ピートははぐらかした。

少しでも気にかけてくれればそれでいい。

「ナツミはそのまま動かないでね」

「はーい」

ナツミに声をかける。

パーティ間では簡単な合図をやりとりできるので、口にする必要はないがあえて言った。

これでグラッドは多少なりともナツミを意識するはずだ。

実際のところ、ナツミの実力では参戦してもほとんど意味がないが、それはグラッドにはわからないことだ。仲間を消した不気味な宝箱とでも思ってくれていればしめたものだった。

状況はあまり変わっていないが、グラッドはピートに得体の知れなさを感じていることだろう。

ピートは両手で短槍を構え、再びグラッドへと駆けだし一気に体を沈めた。

頭上を何かがかすめる。グラッドが間合いの外で剣を横に振ったのだ。

見えない何かが来るとわかっていれば、対処は可能だ。

ピートはそのまま地面にへばりつくようになり、短槍を片手で振るってグラッドの足下を狙う。

グラッドは足を上げてそれを躱した。

起き上がりながら短槍を引き戻し、次は上から短槍を振り下ろす。

グラッドはそれを剣で受けた。

聖剣ガードナー
効果：聖属性＋50
真技：トゥルーエッジ（解放済み）

剣と短槍が触れた瞬間にステータスが見えた。

真技解放【劣】で壊せればと思っていたが、このタイミングで単純な弱点が判明した。真技がす

でに解放されているアイテムに対してこのスキルは使用できないのだ。

ピートがごくわずかに戸惑った瞬間、グラッドが短槍を逸らしながら踏み込んできた。

上段からの振り下ろしが、ピートの頭頂部へと叩き付けられる。

ピートは半身になってそれを躱した。

見えない何かが、背後の床を削った。

——なるほど。剣が伸びてる感じなのかな。

今の攻撃から判断すれば、ザガンの短槍の間合いとほぼ同じだ。しかも、見えない刃による攻撃は受け止めることができず、いとも容易くピートの体を切断する威力を秘めている。

——まいったな。ちょっとあてが外れて、計画が狂ってきた。

剣を爆裂させれば有利に立てると思っていたが、剣は解放済みで真技を使い放題の状態だ。ピートの左腕は篭手で動くように見せているが、実際には切断された状態で自由自在とはいかない。

それは、ピートにとって薄氷を踏むような戦いだった。

グラッドの動きから剣の軌跡を予測し、見えない刃をギリギリで回避しながら、絶え間なく攻撃を繰り出して牽制を続ける。一つ間違えただけで呆気なく終わってしまう死の舞踏だ。

だが、すぐにでも終わるかと思われたその戦いは、どういうわけか互角に近い攻防となっていた。

実力差を考えればグラッドが有利なはずだが、こうなったのには様々な要因が絡んでいる。

グラッドのクラスは聖騎士《パラディン》だ。このクラスは防御と回復に秀でているが攻撃に関してはさほどではない。つまり決め手に欠ける。

それにナツミの存在もあった。完全に無視はできず、グラッドはナツミを意識せざるを得ないのだ。

対して、ピートは背後にいるソーナをまったく気にしていない。彼女が襲ってくれば著《いちじる》しく不利な状況になるが、その可能性は完全に無視して戦っている。

ディーン流短槍術もグラッドが相手なら効果的だった。

馬鹿にしていたぐらいなので、ディーン流のことなどろくに知らないのだろう。奇をてらうことしか考えていないこの短槍術は、初見の相手を翻弄することができるのだ。

――けど、このままじゃ負けるな……。

今のこの状態は奇跡的なもので、いつまでも続きはしないだろう。続けば続くほどに勝敗の天秤はグラッドへと傾いていく。

なぜなら、グラッドはどれだけ傷つこうと、すぐさま回復しているからだ。

勝つためには、グラッドの防御を貫き、回復しきれないだけのダメージを与える手段が必要だった。

――あることはあるんだけど、当たらないよなぁ。

螺旋槍《らせんそう》。威力だけを重視した技がディーン流にはある。

だが、これは隙だらけの技だった。全身を極限まで捻った反動で短槍を打ち出すため、完全に動きが止まってしまうのだ。

グラッドが防御を重視した待ちの姿勢でいるとはいえ、目の前で棒立ちの相手を見逃すはずもない。

何か手はないかと考えながら戦ってはいたが、現状維持はいつまでも続きはしなかった。

ピートの右腕が切り飛ばされ、拮抗が崩れたのだ。

このまま打ち合えば負けると踏み、ピートは飛び退いた。

「ねえ、ソーナ！　僕と一緒に逃げない？」

ピートは背後にいるソーナに話しかけた。

グラッドは追撃してこなかった。

この状況でのまさかの勧誘に、戸惑ったのかもしれない。

「このままだと負けちゃいそうなんだ。だから逃げようよ。こんな奴と一緒にいるの嫌だろ？」

ピートは満身創痍だった。

全身を切り刻まれ血まみれになっている。両腕を切断され、左腕だけは篭手のおかげでかろうじて動かせているという状態だ。

一度集中の途切れた今、先ほどのような戦いをすることはもう無理だろう。

「阿呆かてめぇ！　逃がすわけねぇだろ！」

ピートは短槍を床に突き刺し、ウエストバックに左手を突っ込んだ。

「真技解放、パラライズガード」

取り出した真技付きのマキビシを軽く放り投げる。

だが、追い詰められたピートが何かを投げてくることなど想定済みのはずだ。

真正面から投げつけたところで叩き落とされるだけだろう。

そこでピートは、短槍を手にして突き出した。

マキビシと短槍。どちらに対処するかの二択を迫る。

「なめてんのか、てめぇ！」

しかし、対応は簡単だ。少し後ろに下がれば短槍は届かない。その後マキビシを叩き落とせばいいだけだろう。

グラッドが下がり、マキビシを叩き落とすべく大剣を振り下ろす。

ピートは、短槍の穂先でマキビシを掴み取り、再度放り投げた。

グラッドの大剣が空を切る。

またもやグラッドの眼前でマキビシが爆発した。

＊＊＊＊＊

ソーナにとって、この世は地獄だった。

彼女は奴隷の子として、娯楽用の物として生まれてきたのだ。

人間の品種改良。

奴隷王国でしか成し得ない人外の所業だ。娯楽のため、快楽のため。その目的に適うように奴隷同士を掛け合わせる。

統計と計算と偶然の産物。それがソーナだった。

奴隷王国が健在だった時、ソーナの人生は多少はましなものだった。

ソーナは愛玩奴隷として最高傑作だったのだ。

奴隷王国の者たちは、ソーナを快楽のための道具として扱いはしたが、同時に壊れないように丁重にも扱った。ソーナにはそれだけの価値があったのだ。

それにレガリアの支配下にある奴隷は、心までを完全に掌握されている。それは何か得体の知れないものに憑依《ひょうい》されているような感覚だった。

つまり、本来の自分と、慰み者にされている自分とを分けて考えることができた。

別の世界の、他人事のように思うことができた。

だが、ソーナの世界はある日を境に激変した。

全ての奴隷がレガリアの支配から解き放たれ、自由を取り戻したのだ。

奴隷を使役することで栄え、それ以外の術を知らないその国は、瞬く間に崩壊した。

噂によれば、不変であるはずのレガリアが破壊されてしまったという。

真偽の程は定かではないが、事実レガリアは機能を停止し、その支配領域は解放されてしまったために国として成り立たなくなった。

領土は隣国に吸収され、国民たちは散り散りになったという。

奴隷王国の主な構成要素であった奴隷たちにはいくつかの行く末があった。

他国から攫われレガリアに支配されていた者たちは元の国へと戻ろうとした。実際に戻れたのかまではわからないが、戻るべき場所があるのなら当然そうするだろう。

対して、ソーナのような生まれついての奴隷たちには戻るべき場所などなく、そのほとんどが死に絶えた。これまで支配されるだけだった者たちが、後は自由にしろと放り出されても、野垂れ死ぬしかなかったのだ。

そして、わずかに生き残った者たちは、再び奴隷として扱われていた。

王国崩壊による混乱の最中、奴隷王国の再建を目指す者たちが奴隷たちをかき集めて国外に脱出したのだ。

連れていかれた奴隷たちを待っていたのは、恐怖と苦痛による支配だった。

ただ甚振《いたぶ》り、隷属を強要する稚拙《ちせつ》な手法だ。

だがこれは、今まで痛みにさらされたことがほとんどなかったソーナに対して、実に効果的なものだった。

ソーナは苦痛には逆らえず、再び奴隷として支配された。

それから何度主人が代わったのかをソーナは覚えていない。

奴隷王国の流れ者たちも一枚岩ではなく、彼らの間でソーナを巡っての血みどろの争いが幾度もあった。

そして今、ソーナはグラッドの支配下にあり、修練場に連れ込まれている。

ここで、苦痛と陵辱《りょうじょく》の日々を過ごしている。

何時《いつ》の日か、容色衰え男どもに見向きもされなくなるその日まで、延々とこの地獄は続くのだとソーナは思っていた。

＊＊＊＊＊

「ねえ！　ソーナ！　僕と一緒に逃げない？」

まさかの言葉にソーナは呆然となった。

すぐには言葉の意味がわからなかった。

全身を切り刻まれ、血まみれになった青年がそう聞いてくる。

意味がわかっても、そんなことが可能だとはとても思えなかった。

これまでにもソーナを助けようとした者はいた。だが、それが成されることなどなかったのだ。

「このままだと負けちゃいそうなんだ。だから逃げようよ。こんな奴と一緒にいるの嫌だろ？」

嫌に決まっている。逃げられるなら逃げたいに決まっている。

だがどうしようもない。恐怖と苦痛に縛られているソーナには逃げ出すことなどできないのだ。

ソーナの魂はすり減り、思ったことを口に出すことすらできなくなっている。

気づけば、ソーナの目から涙が一滴零れ落ちていた。

青年は、それを見て頷いた。

＊＊＊＊＊

グラッドの目の前で何かが爆発した。

爆炎が視界を覆う。咄嗟に目をつぶりはしたが、いくらかのダメージを受けた。

これは目くらましだ。同時にピートが攻撃を仕掛けてくる。

そう思ったグラッドは闇雲に剣を振り回した。

「きゃっ」

ソーナの声が聞こえた。

続けて扉の開く音がし、走り去って行く音が聞こえた。

グラッドはオーラを探った。ピートのオーラが小さく、弱くなっていき、消えた。

「野郎！　逃げやがったのか！」

視力はすぐに回復した。

まず眼に入ったのが、ソーナが尻餅を付き、扉の外を見て呆然となっている姿だ。

それを見たグラッドは頭に血が上りそうになったがどうにか堪えた。今はソーナを罵倒《ばとう》している場合ではない。ここでピートを逃がせば、また何か仕掛けてくるはずだ。今、確実に始末しておかねばならない。

奴は手負いだ。そう遠くまで逃げられないだろう。今追えば簡単に仕留めることができるはずだ。

グラッドはピートを追おうとし、血の跡が廊下に続いていないことに気づいた。

それが何を意味するのか。理解しようとしたところで、背に衝撃が走った。

肉がねじれる。衝撃は回転しながら肉を切り裂き、心臓を巻き込みながら胸へと貫通した。

グラッドは、胸から突き出た短槍の穂先を呆然と見つめていた。

＊＊＊＊＊

「綱渡りをしているような気分だったけど、君が注意力散漫で助かったよ」

限界まで体をねじって溜めた力を解放し、ピートは短槍を繰り出していた。

螺旋槍。

それはディーン流の初級編に載っている中で最大威力の技だ。その技は、数秒の溜めを必要とするため、実戦では使い物にならないが、威力だけは絶大。聖騎士《パラディン》であるグラッドの防御を貫通し、心臓を穿つことに成功していた。

「てめぇ、どういうことだこれは……」

「心臓が潰れても喋れるってすごいね。外に走っていったのはナツミ。宝箱だよ」

グラッドの視界を一瞬奪い、その間にナツミを外へ走らせたのだ。

パーティ間では簡単な合図を送ることができる。合図を受け取ったナツミは外へと駆け出し、ピートはそれに合わせてオーラを抑え、気配を消した。

こんな危なっかしい作戦がうまくいく保証などまるでなかった。

足音がおかしいことに気づかれるかもしれない。

背後へと回り込むピートの気配に気づかれるかもしれない。

ソーナが、ピートの居場所を伝えるかもしれない。

無理矢理動かしている左腕での螺旋槍は失敗するかもしれない。

だが、この局面でもっとうまくいく方法を考えている余裕などなかった。

ピートはこの作戦に賭けることにしたのだ。

結果、ほぼ理想通りに事は運んだ。

グラッドは、満身創痍のピートが逃げることを当然だと思ったのだ。

そこに外へ走って行く足音と、ソーナの目線、薄れていくオーラの気配。

グラッドはピートが逃げたと思い込み、数秒の時間をピートに与えてしまった。

「そういえば、君の持ってる剣はいいものなんだろ？　僕に譲ってくれないかな？　死んだらドロップしないかもしれないしさ」

「誰がやるかよ、くそったれが！」

そう言い残して、グラッドは砂と化した。

アイテムは何もドロップしなかった。

「あー。しんどかった。今思えば、もっとやりようはあった気はするなぁ」

「あなたは……」

ピートが反省していると、ソーナが話しかけてきた。

「ん？」

「あなたは一体なんなんですか！　訳がわからないです！　なんだってこんなになるまで！　私なんて放っておけばいいじゃないですか！　こんなことをしなきゃならない価値なんて私にはないです！　ほんとに、ほんとに何がなんだかわかんないです！　私なんて通りすがりの赤の他人じゃないですか！　なんだってこんなことするんですか！　こんなにボロボロになって！　もう、本当に訳がわからない！」

ソーナは泣き叫んでいた。

そう言われるとピートにもなぜグラッドと戦ったのかがよくわからなかった。

最初は下層に行くために地図士《マッパー》を仲間にしたかっただけだが、ここまで傷つきながら戦わなければならないほどのことでもないはずだ。

だが、少し考えてみると答えは簡単に見つかった。

「それは、僕が可愛い女の子の味方だから、だと思うよ」

「……そんな……そんなことなんですか……じゃ、じゃあ私が可愛くなかったら助けなかったんですか？」

呆気にとられたようにソーナが言う。

「女の子はみんな可愛いんだよ」

ピートは立っていられなくなり、その場にしゃがみ込んだ。かなりの血を失っているようで、意識が遠のきかけていた。

「いやぁ。かなりひやひやしたねぇ」

ナツミが通路から戻ってきた。宝箱はひしゃげていて、手足の結合も心許なくなっている。走って行けたのが奇跡のような状態だ。

「ナツミのおかげで助かったよ。ギリギリのところだった」

「ギリギリっていうか死にかけてない？　両腕ないんだけど」

気づけば、左腕に装備していたザガンの篭手は外れて落ちていた。オーラが枯渇して、うまく操れなくなっているようだ。

休憩すればオーラは復活するので、篭手を利用すれば左手はどうにか使えるようになるだろう。だが、右手に関してはどうしようもないので、諦めるしかないようだ。

「あの！　ハイポーションがあります！」

ソーナが、肩掛けのポーチから薬瓶を取り出した。

「かなりの怪我でも治ると聞きました。念のためにと渡されていたのですが」

「高価なものなんじゃないの？」

「大丈夫です。文句を言う人はもういませんから」

「そう。じゃあ遠慮なくもらうけど、飲めばいいの？」

「患部にかければいいとのことです」

グラッドが致命傷を負い、ソーナだけが動けるというような万が一の事態を想定していたのだろう。ソーナはハイポーションの使い方を教えられていた。

ソーナがピートの腕を拾ってきて、切断面にハイポーションを振りかけてから腕をくっつける。

しばらくして、両腕の感覚が戻ってきたことをピートは自覚した。

普通の赤ポーションでは、疲れが取れたり、かすり傷が治る程度の効果しかない。だが、ハイポーションには劇的な効果があるようだ。

――ということは、もしソーナがグラッドを助けようとしてたら僕が負けてたのか。

そうピートは思ったが、今さらのことなので口にはしなかった。

「すみません。腕をつなぐのに全部使ってしまいました。体の傷までは……」

「それはいいよ。寝れば治ると思うし。でもハイポーションってすごいね。こんなのがあるなら、医者はこれを使ってるだけでいいじゃないか」

「いえ。ポーションは修練場専用ですので。修練場内で負った怪我を治すことにしか使えません」

修練場は修練のためにあるということで、怪我に対してはそれなりに手厚い体制になっているようだ。

「あ。そう言えば、グラッドって殺しちゃってよかったのかな？」

『今さらすぎますね……』

「……あの人が死んだところで……私は何も思いません……」

さすがに人が死んだことを喜ぶのはどうかと思ったのか、ソーナは言葉を選んでいた。

「あの……ですが、私はこれからどうすれば……」

「今後の身の振り方については相談するとして、とりあえず村に戻ろうか」

「は、はい……」

ソーナは、己の置かれた状況をうまく理解できていないようだった。

エピローグ

『勇者よ……勇者ピートよ……目覚めなさい……』

誰かに呼ばれたような気がして、ピートは目覚めた。

ピートは裸でベッドに横たわっていて、ここは首屋で借りている部屋の中だった。

「何やってんの？」

ピートは上体を起こし、枕元に置いてあったハナを手にした。

『いや、もしかしたら勇者としての記憶を取り戻して目覚めるんじゃないかと……』

「残念ながら何も思い出してないね」

体をひねり、伸ばし、調子を確かめる。特に問題はなく、思い通りに動かすことができた。体中にあった傷も綺麗に治っている。

『これこそが勇者である証拠ですよ！　勇者はどんな怪我もすぐに治っちゃうんですから！』

選帝宮から戻ってきて、丸一日寝続けていたとのことだった。

「うーん。確かに普通の人間じゃないようだね」

腕を斬られた際もすぐに出血は止まっていた。普通ならそのまま出血多量になって意識を失い、死んでしまっていたはずだ。

「だからって大魔王を倒しに行こうとかは思わないけど」

『なぜですか!?』

「別に、怪我が治りやすい便利な体をしてるってだけじゃないか」

『その力を世界平和のために役立てようとは思わないんですか！』

「思わないけど？」

いつものハナの問いかけに、いつもの調子でピートは返していた。

「そういえばナツミとソーナは？」

帰り道の記憶は曖昧だった。意識が朦朧としていたピートは、ここまでどうやって戻ってきたのかをよく覚えていなかったのだ。

『彼女たちなら——』

「ただいまぁ！」

ハナが言いかけたところで、ナツミの元気な声が聞こえてきた。

部屋の扉を開けて、ソーナとナツミが入ってきたのだ。

ナツミは、逆立ちで尾びれにトレイを載せていた。

トレイには、水の入った桶や、タオルなどが載せられている。ソーナは畳んだ衣服を持っているようだ。

『ピートが汗ばんでいるので、清拭《せいしき》のための用意をすると出かけていたんです』

「ピート起きてるじゃん」

ピートの様子に気づいたナツミが近づいてきた。

「ナツミはその姿で出歩いて大丈夫なの？」

宝箱で偽装すらせず人魚のままの姿で階下に行っていたらしい。当然、人目に触れているはずだ。

「帰り道で宝箱が壊れちゃってさ。新しいの用意するにしてもピートに合成してもらわないと駄目だから、もうこのまま帰ってきたんだよ」

「騒がれなかった？」

「騒がれたけど、こっちは選帝宮に認められた修練者だよ？　襲ってきた人はちょっと可哀想なことになったけど」

「襲われたんだ」

「その……村での修練者同士での戦闘は禁止されていまして、襲った人は修練場への出入りが禁止になりました……」

なぜか、ソーナが申し訳なさそうに教えてくれた。

その一件があってからはナツミの存在が周知され、余計なちょっかいを出してくる者はいなくなったとのことだ。

「ここでグラッドに襲いかからなくてよかったね」

『そんなことを考えてたんですか……』

皇帝の孫が修練場内でグラッドたちを襲撃したのはそんな理由があるからのようだ。

「お腹が空いたな。食堂にいこうか」

「そりゃ。丸一日飲まず食わずだったしねぇ」

ピートは体を拭き、服を身につけた。ピートの服はボロボロでもう着られる状態ではなかったのだが、ソーナが新しい服を買ってきてくれたのだ。

「あ。そういえば、ソーナがいるってことは仲間になってくれるのかな？」

「え？　私は、ピート様に所有されているのではないのですか？」

ソーナがきょとんとした顔になっていた。彼女にとっては、所有者がいるのが当たり前のことだったのだろう。

「僕がグラッドを倒したのはソーナを仲間にしたいって思ったからなんだけど、強制するつもりはないよ。他のパーティのほうが条件は間違いなくいいだろうから、そっちに行ってもらっても――」

「いえ！　私はピート様の仲間になります！」

ソーナはピートが喋り終える前に即答した。

「だったら嬉しいよ」

「はい！」

ピートたちは食堂に向かった。修練者たちが帰ってきている頃合いだったようで、客はそこそこに入っている。

ピートたちはトルデリーゼのいるテーブルに向かった。

少しばかり周りがざわついた。ナツミとソーナが注目されているのだろう。

ピートは気にせず、いつものように適当に料理を持ってきてくれと注文した。

「あなた、いきなり仲間が増えていませんこと！」

ソーナとナツミを見たトルデリーゼがなぜか憤慨していた。

「うん。増えたんだよ」

「しかも、そちらは地図士《マッパー》の方……うまくやったということですわね？」

「私は！　私は！　私に何か言及は！」

「あなたは……ここ最近話題になっていた人魚の方ですわね」

「そうだよ！　よろしくね！」

ナツミはトルデリーゼも知る存在になっていたようだ。

「あの。私も席についていいのでしょうか？」

グラッドといた時のソーナは着席を許されず、床に座らされていたことをピートは思い出した。

「うん。僕はソーナを奴隷として扱う気はないよ。そもそもこの国にはそんな制度はないってことだし、僕と君は対等な仲間だ。と言いたいところだけど、ソーナは好きでここに来てるわけじゃないんだよね。だったらこれは雇用《こよう》ってことになるのかな？」

「はーい！　私も選帝宮に行きたくて行くんじゃありませーん！　待遇《たいぐう》改善を要求しまーす！」

「じゃあ、とりあえずは選帝宮で手に入れた物をお金に換えて山分けってことでどうかな？」

「おっけー！　ほんとはモンスターのお金が欲しいけど、人間のお金で我慢しておくよ！」

『勝手についてきている癖になんで待遇に文句を言ってるんでしょう……』

「私は特に何もいりませんが、ピート様のご提案に従います」

「問題がありそうなら、その時にまた考えるよ」

「ピート！」

突然背後から呼びかけられて、ピートは振り向いた。

「やあ。久しぶりだね」

そこにいたのは、先日下山したアドリーだった。

「ああ。久しぶり――随分と賑やかなことになっているな⁉」

笑みを浮かべていたアドリーだが、ナツミたちに気づいて怪訝な顔になっていた。

「この子はアドリーだよ。選帝宮で目覚めてすぐに出会って色々と助けてもらったんだ」

ピートは軽くアドリーを紹介した。

「はじめましてアドリーさん。私はピート様の奴隷のソーナです」

「奴隷だと!?　どういうことだ、ピート！」

「いや、別に奴隷としていてもらってるわけじゃないんだけど」

ソーナは生まれた時から奴隷扱いされていたらしいので、すぐに意識を変えるのは難しいのかもしれなかった。

そんな彼女に君は奴隷じゃないと言い過ぎてもストレスになるだけだろう。そのうちに自然と理解するだろうと思い、ピートはしつこく訂正はしていなかった。

「その、すごい美人だな……」

「ありがとうございます」

ソーナは言われ慣れているようで、嫌みなく対応した。

「私は、ナツミ！　よろしくね！」

「あ、ああ。というか、君はモンスターなのでは……」

「ハーミットマーメイドだよ！」

「修練者として登録してるからモンスターでも問題ないんだ」

さすがに説明がいると思い、ピートは補足した。

「そ、そういうものなのか？　それはいいとして、なぜこの女がここにいる！」

　アドリーは、トルデリーゼに対してはあからさまな敵意を見せた。

「あら、お久しぶりですわね。おめおめと引き下がってから幾星霜《いくせいそう》。もう野垂れ死んだのかと思いきや、まさかまたもやのご登場とは。アドリーさんには恥という概念がないのかしら？」

「どういうことなんだ、ピート！　まさかこの女も仲間にしたのか！」

「違うけど？　ご飯を一緒に食べてるだけで」

「なぜこの女と飯など！　こいつはとんでもない性悪女《しょうわる》なのだぞ！　まさか籠絡《ろうらく》されたのか！」

「嫉妬は見苦しいですわね。私はピートが同席したいというから仕方なく受けているだけですのに」

「な、な、な」

　アドリーが激情のあまり、言葉を詰まらせる。このままではまずいとピートが思ったところで、ソーナが間に入った。

「お二方。ピート様の前であまりにもはしたないお姿かと愚考いたしますが、自らを省みられてはどうでしょうか？」

「アドリーも座ったらどう？」

「あ、ああ……」

　ソーナに言われて冷静になったのか、アドリーも席についた。

「それで、どうなってるんだ、これは」

「色々してたら仲間が増えたんだよ」

「この女は無関係なんだよな!?」

　アドリーがトルデリーゼに指をつきつけた。

「彼女は自分のパーティがあるしね。アドバイスは参考にさせてもらったけど」

「なら、今後は付き合う必要はないな！　修練場についてなら私のほうが詳しい！　こいつのアドバイスなど無用というものだ」

「どうなのでしょうね？　一層で壊滅してすごすごと引き下がった女のアドバイスにどれほどの意味があるものやら」

「言い争いでしたら、余所でお願いしますね」

ソーナが釘を刺す。

気弱なように思えたが、しっかりとしている面もありそうだ。

「わかった。もうこんな女のことは無視だ」

「私もあえてアドリーさんと話すことなどありませんわ」

アドリーとトルデリーゼがお互いに目を逸らした。

「まあ、そういうわけだから今後はこのパーティで活動しようと思ってるよ」

ピートは強引に話を戻した。

「そ、そうか。それはそうと……この男に変なことはされていないか？　こいつはその、女にだらしないところがあってだな……しかも奴隷だということだし……」

「変なことってなんでしょうか？」

ソーナが首を傾げた。

「それはその……あるだろ？　こう、いやらしいというかなんと言うか……」

「まさか！　ピート様はそんなことをしません！」

そう言われるとは思っていなかったのか、アドリーは戸惑っていた。

「アドリー。ソーナはひどい目にあってたんだ。身も心も傷ついている女の子にそんなことをするわけがないだろ？　僕を一体なんなんだと思ってるんだ？」

ピートは珍しく不満げに言った。

「なん……だと!?　なんだか……なんだか納得がいかないのは私だけか!?」

「だよねぇ。私のおっぱいはさんざん揉みまくるのにどういうことだよ、って思うよねぇ」

ナツミがアドリーに同調した。

「なんだと!?」

「嫌なら触らないよ」

「別に、嫌じゃないけどさ……」

ナツミは満更でもなさそうだった。

「そういえばアドリーはどうしてここに？　僕に会いに来てくれたんなら嬉しいんだけど」

「その、だな。仲間を探したのだが、そう簡単には見つからなくてだな。よくよく考えてみれば、ピートとはパーティを組んだままだし、ピートの強さなら二人でもなんとかなりそうだと、そう思ってだな……」

「僕がどこまで下層に向かうかはわからないけど、それでよければ一緒に行こうよ」

「ああ！　よろしく頼む」

『なぜ女の人ばかりが増えていくんですか……こんなの勇者パーティじゃないですよ……いえ！　もうこのパーティでもいいですので、大魔王を倒してケルン王国を再興しましょう！』

「え？　嫌だけど？」

もちろん、ピートには大魔王を倒す気などさらさらないのだった。

あとがき

はじめまして！　ラノベ作家をしておりますと藤孝剛志と申します。知ってるよって方はお久しぶりです！

今回、ＢＫブックス様から書籍を刊行することになりました。これまでに私が書いた本とはちょっと毛色が違う気もしますが、根底にあるものにはそれほど違いがない気もしていますので、これまでと同じく楽しんでいただけるかと思っています。

さて。私、八年ほどラノベ作家をやらせてもらっているんですが、あとがきが苦手で毎回のように困っております。

長く続いているシリーズですと、書くことがない、どうしよう！　などと書くことでお茶を濁しているわけですが、初めてのレーベルですし、これまでに書いた作品の宣伝みたいなことを書いておけばなんとかなるのではないでしょうか！

・姉ちゃんは中二病1～7（ＨＪ文庫）
・大魔王が倒せない1～3（アース・スターノベル）
・即死チートが最強すぎて、異世界のやつらがまるで相手にならないんですが。1～10（アース・スターノベル）
・美脚ミミック、ハルミさん（アース・スターノベル）
・二の打ち要らずの神滅聖女1～2（Ｍノベルス）

こんな感じです。この作品と関連があるところでは「大魔王が倒せない」と世界設定の一部が、「美脚ミミック、ハルミさん」とモンスター側の世界の雰囲気などで似たところがあったりします。興味がありましたら是非お買い求めください。

では謝辞です。

イラストを担当してくださったオウカ先生。素敵なイラストをありがとうございます。

担当編集様。色々とご指導ありがとうございました。

いつもあとがきには、遅れてすみません！　なんてことばかり書いているのですが、一冊目ですから全然大丈夫ですね！

それでは、また機会がありましたらどこかで！

藤孝剛志

BKブックス

伝説の勇者らしいけど、記憶がないので好きに生きることにした！

2021年3月20日　初版第一刷発行

著　者　藤孝剛志《ふじたかつよし》

イラストレーター　オウカ

発行人　今 晴美

発行所　株式会社ぶんか社
〒102-8405　東京都千代田区一番町29-6
TEL 03-3222-5150（編集部）
TEL 03-3222-5115（出版営業部）
www.bunkasha.co.jp

装　丁　AFTERGLOW

編　集　株式会社 パルプライド

印刷所　大日本印刷株式会社

ISBN978-4-8211-4582-9